Un groupe de serveuses zombies venait de surgir d'un coin sombre du fond de la cantine.

— Je les connais ! s'écria Zoé. C'est Carol et Doris… et Darla… et Bertha.

Leurs visages s'affaissaient en poches de peau fanée comme l'arrière du coude des personnes âgées. Les frisettes de leurs permanentes s'échappaient en touffes de leurs filets à cheveux. Les yeux de Bertha, à peine retenus par deux tendons vrillés et sanguinolents, pendaient hors de leurs orbites. La serveuse serrait dans chaque main un globe oculaire, qu'elle replaça dans les cavités de son visage, à l'envers.

— Ouaarrg ! beugla la grosse Bertha.

Les autres serveuses sifflèrent en signe d'approbation.

— Qu'est-ce que nous attendons? lança Ozzie, levant son bâton de hockey sur gazon. À l'attaque !

— Hé, mec, dit Rice en saisissant l'épaule d'Ozzie. Ne mords jamais la main qui te nourrit.

LES CHASSEURS DE ZOMBIES

MORTS-VIVANTS, DROIT DEVANT

MORTS-VIVANTS, DROIT DEVANT

PAR JOHN KLOEPFER
ILLUSTRÉ PAR STEVE WOLFHARD

Traduit de l'anglais par
Anne Butcher et Sophie Beaume

A·D·A
J·E·U·N·E·S·S·E

Éditeur : François Doucet
Traduction : Anne Butcher et Sophie Beaume
Révision linguistique : Isabelle Veillette
Correction d'épreuves : Nancy Coulombe, Catherine Vallée-Dumas
Illustrations de la couverture et de l'intérieur : © 2010 Steve Wolfhard
Montage de la couverture : Matthieu Fortin, Mathieu C. Dandurand
Mise en pages : Mathieu C. Dandurand
ISBN papier : 978-2-89667-815-0
ISBN PDF numérique : 978-2-89683-845-5
ISBN ePub : 978-2-89683-846-2
Première impression : 2013
Dépôt légal : 2013
Bibliothèque et Archives nationales du Québec
Bibliothèque Nationale du Canada

Éditions AdA Inc.
1385, boul. Lionel-Boulet
Varennes, Québec, Canada, J3X 1P7
Téléphone : 450-929-0296
Télécopieur : 450-929-0220
www.ada-inc.com
info@ada-inc.com

Diffusion
Canada :   Éditions AdA Inc.
France :   D.G. Diffusion
                Z.I. des Bogues
                31750 Escalquens — France
                Téléphone : 05.61.00.09.99
Suisse :   Transat — 23.42.77.40
Belgique :   D.G. Diffusion — 05.61.00.09.99

Imprimé au Canada

Participation de la SODEC. SODEC
Nous reconnaissons l'aide financière du gouvernement du Canada par l'entremise du Fonds du livre du Canada (FLC)
pour nos activités d'édition.
Gouvernement du Québec — Programme de crédit d'impôt pour l'édition de livres — Gestion SODEC.

Pour mes parents — J. K.

Pour Jake. — S. W.

CHAPITRE

Zack Clarke, toujours debout à l'arrière du pick-up depuis qu'il avait fui les zombies, écoutait son pouls battre à cent à l'heure. Les lampes halogènes vrombissaient au-dessus de leurs têtes tandis que le camion avançait dans la lueur vacillante qui éclairait le tunnel souterrain.

L'épidémie zombie avait éclaté hier à l'heure du souper et se répandait à travers le pays d'heure en heure.

Pour le moment la sœur de Zack, Zoé, devenue zombie ; son meilleur ami, l'autoproclamé expert en zombies, Johnston Rice, qui avait réussi à trouver l'antidote à la zombification ; Greg Bansal-Jones, la terreur de tout le collège, qui, après une brève zombification, s'était transformé en poule mouillée et insistait pour qu'on ne l'appelle *pas* Greg ; et Madison Miller, la fille la plus populaire de l'école Romero, qui demeurait leur seul espoir de survie, s'aventuraient sous la base aérienne militaire de tucson .

PasGreg se trémoussait pour essayer de s'écarter de zombie Zoé, totalement abrutie par des gélules calmantes de ginkgo biloba que Rice lui avait fait absorber un peu moins d'une heure auparavant.

— Hé, mec, geignit PasGreg. Tu vas me détacher maintenant ?

— Seulement si tu te tiens tranquille, répondit Zack en sortant de sa poche arrière un couteau suisse pour trancher le ruban à conduits qui entravait les poignets de PasGreg.

L'ex-brute ferma une fermeture éclair imaginaire sur sa bouche avant de jeter au loin une clé fictive.

Je n'arrive pas à croire que j'aie pu avoir peur de ce type, pensa Zack en regardant à l'intérieur de la cabine du camion. Du sang frais suintait au travers de la gaze enroulée autour de la jambe de Madison, là où zombie Greg lui avait fait cadeau d'une méchante morsure. Rice, assis à l'avant sur le siège passager, tenait le tout petit chien de Madison sur ses genoux. Twinkles, les pattes avant posées sur le tableau de bord, semblait heureux d'être de nouveau en vie, après avoir connu une période zombifiée.

— Comment va ta jambe? s'enquit Zack.

— Ça va, je crois, répondit Madison. Ce qui ne m'empêchera pas de tuer Greg.

— Tu veux dire PasGreg.

— Qu'importe!

— Ah, dit Rice. Être Greg ou ne pas l'être ? Là est la question.

— La ferme, hamburger à lunettes, personne ne t'a sonné, lui lança Madison d'un ton las.

À cet instant, Twinkles donna un petit coup de museau sur le sac à dos de Rice en reniflant les spécimens fétides qu'il contenait. L'estomac de Zack se retourna à la seule pensée du bœuf haché contaminé du BurgerDog qui palpitait à l'intérieur.

— Ouah ouah, aboya le chiot affamé.

— Hé, ralentis, Madison ! dit Zack à travers la fenêtre coulissante.

Le camion freina et s'arrêta.

Sur leur droite, le tunnel débouchait dans une vaste salle divisée en deux par une zone de chargement. Des barils jaunes de produits biologiques dangereux étaient alignés au pied de hauts murs en ciment. Une éclaboussure rouge et épaisse de crasse de zombie tachait la grille carrée en métal recouvrant un drain d'évacuation au centre de la pièce. La marque sanglante s'étendait en une traînée courbe qui ressemblait à un « j » minuscule. On distinguait des traces de pas irréguliers autour de la marque visqueuse et colorée, comme si des zombies s'étaient relevés après avoir rampé.

L'endroit avait des relents infects de maladie. Zack se boucha le nez. Quelque chose était certainement pourri au royaume de Tucson.

— Hiiiiiii !

Tout à coup, PasGreg laissa échapper un cri strident et attrapa le mollet de Zack.

Zack tourna brusquement la tête.

Un soldat zombifié, accroché à l'arrière du camion, grimpait sur le hayon. Le militaire mort-vivant ouvrait grand sa gueule de zombie, tissée de fils de bave comme une toile d'araignée. Il rugissait et se pourléchait les babines en agitant une langue de chien enragé.

— Accélère, Madison ! ordonna Zack.

Au même instant, deux autres soldats zombies escaladaient les flancs du camion. Ils culbutèrent sur la plateforme du camion avec Zack, PasGreg et zombie Zoé. Leurs membres de travers formaient des angles impossibles, comme ceux d'une araignée à moitié écrasée.

Le pick-up s'élança à toute vitesse.

— Zack! cria Rice de l'intérieur du camion en lui tendant un pied-de-biche en métal. Sers-toi de ça!

Zack lança l'outil métallique sur le soldat zombie, le cognant entre ses deux orbites vides. Le hayon s'ouvrit, et le fou furieux sans yeux s'écroula dans un gros floc sur le sol fuyant du tunnel.

— Aarrggh! grondèrent les deux autres zombies.

Zack fouilla frénétiquement le plateau arrière du camion pour y trouver une autre arme. Il récupéra la base en bois de sa batte.

Plus loin sur la plateforme, un des zombies rampait sur ses genoux disloqués en direction de PasGreg. L'ex-petite brute se recroquevillait dans un coin près du hayon ouvert, en se protégeant de ses bras repliés, aussi gros que ceux d'un tyrannosaure.

Mais Zack était aux prises avec d'autres difficultés.

Le deuxième zombie trébucha vers l'avant en haletant et tomba sur lui de tout son poids. En un éclair, Zack plaça la batte à l'horizontale. Les oreilles lui chauffaient pendant qu'il tentait de soulever le zombie. Des grappes

coagulées de bulbes variqueux et infectés sortaient du menton du forcené, et des stalactites de morve jaune-vert pendaient au coin de ses lèvres à vif, toutes boursouflées. Le mort-vivant en furie grognait, et Zack sentit que son épaule était prête à lâcher. Une boule de pus se détacha et glissa de la joue du zombie jusque dans le coin de la bouche de Zack.

Beeurk !

Zack se souleva en usant de toute la force qui lui restait, tandis que le monstre baveux basculait en

arrière, luttant pour retrouver son équilibre. Debout, Zack tenait sa batte solidement, prêt à frapper.

Soudainement, Madison cria de sa voix aiguë. Le pick-up fit une embardée avant de s'arrêter net.

Zack tomba à la renverse, se cognant le crâne contre la plateforme du camion dans un terrible *paf*.

— Nom d'une pipe, Madison ! Pourquoi as-tu freiné comme ça ? demanda Rice.

— Tu n'as pas vu ? s'enquit-elle. Une personne vient juste de sauter devant nous.

— Les zombies ne sont pas des personnes, Madison.

— ça n'était pas un zombie, cervelle de rat… c'était une sorte de petit soldat humain !

Zack, les oreilles lui tintant encore à la suite du choc, s'affaissa en position assise. Sa vision se brouilla, sa tête roula sur le côté et son regard plonga tout droit sur Zoé. Les yeux sans pupilles et basculés vers l'arrière de sa sœur zombie le fixaient derrière la cage en métal de son casque.

Et juste à cet instant, dans un claquement de doigts, Zack s'évanouit. Tout simplement.

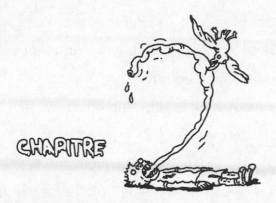

CHAPITRE

Zack se réveilla en haletant. Les narines lui brûlaient comme s'il était sous l'emprise d'une odeur corrosive de désinfectant. Quelqu'un, penché sur son visage, lui faisait respirer un flacon.

— C'est quoi ? demanda Zack en s'asseyant, suffoquant.

Comme son regard s'adaptait à la pénombre, la silhouette efflanquée d'un jeune garçon se dessina progressivement sous ses yeux. Il portait un t-shirt vert à manches longues, des pantalons de camouflage et un paquetage apparemment très lourd sur le dos.

— Je te fais respirer des sels, répondit le garçon. Ils sont utilisés en médecine depuis le Moyen Âge, pour ranimer les femmes hyper sensibles après un évanouissement. Également connus sous le nom de carbonate d'ammonium

— Moi, je suis ammoniaquée, ajouta Madison, l'air de rien.

— Oh, bonjour Ammoniaquée, la salua PasGreg.

— Non, Madison : toi, tu es immunisée, corrigea Rice.

— Oui, enfin, c'est ce que je voulais dire, indiqua-t-elle.

Le regard de Zack passait du nouveau garçon aux soldats zombies assis dos à dos, assommés et ficelés de manière experte.

— C'est toi qui as fait ça? le questionna-t-il.

—Affirmatif, acquiesça le garçon.

Il portait de drôles de jumelles sur le sommet du crâne.

— Je m'appelle Ozzie Briggs.

— Zack, ce type est doté de vision nocturne, regarde un peu ça! s'exclama Rice en lui montrant les jumelles.

— Cool, balbutia Zack en se frottant la nuque.

— Et il a des nunchucks!

Rice s'approcha des armes d'arts martiaux suspendues au paquetage d'Ozzie pour les toucher.

— Bas les pattes! dit Ozzie. Leur nom exact est «nunchaku». Ils m'ont été offerts par mon maître à Okinawa.

— Tu es une sorte de Tortue ninja alors… dit Rice, émerveillé par leur nouveau compagnon.

Et se tournant vers Zack, il ajouta :

— Tu aurais dû voir ça, mec, comment ce type les as malmenés! Il est sorti de nulle part, et c'était du style, pif, pif, paf…

Rice agitait ses très petites jambes, puis sectionnait l'air pour mimer le démantèlement kung-fu des deux zombies.

— Ouais, et il a failli tous nous tuer par la même occasion, dit Madison. Quelle idée de se jeter sous les roues d'une voiture, franchement!

— Désolé, bébé, j'ai parfois des réactions un peu vives. Et vous aviez l'air d'avoir besoin d'aide.

Ne viendrait-il pas d'appeler Madison bébé? se dit Zack en fronçant les sourcils.

— C'est bon. Et merci pour ton aide... dit-il en levant le bras pour une poignée de main.

Ozzie fit mine de ne pas voir la main tendue.

Je n'arrive pas à croire que ce gamin va réellement me laisser là, en plan, la main dans le vide, pensa Zack. Se retournant pour interroger son meilleur ami du regard, il laissa retomber son bras, mais Rice était toujours en train de jouer à «ninja-pif-paf» dans la pénombre du tunnel.

— Nous pouvons y aller maintenant les gars? interrogea Madison. Ma jambe commence vraiment à me faire mal.

— Elle a raison, il faut y aller, leur dit Ozzie. Nous n'avons pas vraiment le droit d'être ici.

— Un instant, qu'est-ce que nous faisons de Zoé ? demanda Madison.

— Pas question ! Mon père a reçu l'ordre de détruire tous ces machins-là ! cria Ozzie.

— Mais nous l'avons trimballée tout ce temps depuis Phœnix ! renchérit Rice.

— C'est ma sœur, mon pote, insista Zack. Nous n'allons pas juste l'abandonner comme ça.

— Écoute, *bébé*, ajouta Madison. Personne ne se mêle de décider de quoi que ce soit pour ma meilleure amie.

— Bon, bon…

Ozzie détacha de son paquetage une couverture impeccablement roulée, en disant :

— Emmenez-la si vous voulez, mais s'ils la découvrent, c'est une zombie morte.

La couverture, qu'il venait d'ouvrir en la faisant claquer comme un coup de fouet, constituait en fait un brancard, car elle était équipée de deux poignées de bois à chaque extrémité. Zack sursauta. Rice frappa l'épaule de son copain deux fois.

— Tu peux me dire à quoi ça rime ? lui demanda Zack.

— Deux coups pour avoir sursauté, rétorqua Rice en souriant.

Il fila près d'Ozzie et tendit à nouveau la main discrètement vers les nunchakus, mais Ozzie lui tapa le bras pour lui en faire passer l'idée.

Pendant qu'ils traînaient des pieds sur la piste sombre en ciment, Rice éclairait le chemin avec une lampe de poche qu'il avait sortie de son sac à dos. Zack et PasGreg portaient Zoé sur le brancard. Madison, qui les suivait en boitant, portait Twinkles, blotti confortablement dans ses bas.

— Mais comment vous êtes-vous retrouvés ici ? demanda Ozzie, qui marchait sans difficulté à côté d'eux grâce à ses lunettes de vision nocturne.

Rice commença par le début :

— Tout a commencé juste après que Zack m'a raccroché au nez. J'étais assis sur le canapé avec une pizza, quand la nouvelle a éclaté. Et PAF, d'un seul coup, les zombies étaient partout !

Ozzie les conduisit en haut de quelques marches et ouvrit une porte qui menait à un autre tunnel très sombre.

Rice continua.

— …ensuite, après que j'ai réussi à sauver ces deux-là, ils m'ont récupéré, et nous sommes tous partis au supermarché chercher du ginkgo biloba, que je supposais pouvoir ralentir le processus de zombification, ou un truc dans ce genre…

— Ça les abrutit aussi complètement, raison pour laquelle Zoé ne bouge plus et ressemble à un légume pas très frais, dit Madison en désignant Zoé. Pauvre meilleure amie.

— Hum, fit Rice en filant un petit coup de coude entendu à Ozzie. Ensuite, au cimetière, après que

Gregster a mordu Madison, nous avons bien compris qu'elle était immunisée et que…

— Attends, Rice, chuuuuttt.

Ozzie mit le doigt sur ses lèvres et tout le monde s'arrêta. En amont, un fort bruit de pas résonnait dans le tunnel.

— éteins ta lampe, chuchota-t-il.

Rice cliqua sur l'interrupteur, ce qui les plongea tous dans le noir.

— Je n'y vois plus rien, gémit Madison.

— Rice, arrête de me toucher, dit Zack.

— Ce n'est pas moi, vieux, rétorqua Rice.

— Chuuuuttt, fit Ozzie.

— Mains en l'air! ordonna une voix grave jaillissant de l'obscurité.

Zack entendit le casque de sa sœur percuter le sol.

Au même instant, les lampes du plafond se mirent à bourdonner en clignotant, et le tunnel s'illumina. PasGreg gardait les mains en l'air comme un véritable coupable.

À quelques mètres devant eux, deux soldats leur faisaient face en tenue complète de camouflage. Ils portaient de grandes bottes aux bouts lustrés, et des armes automatiques suspendues aux épaules. Leurs noms, épinglés sur la poche de poitrine de leur uniforme, indiquaient : SGT PATRICK et SDT MICHAELS. Le soldat Michaels était coiffé en brosse et avait les épaules très larges ; tous deux ne semblaient guère avoir de cou. Zack se plaça devant le brancard pour cacher Zoé de leur champ de vision.

— Ozzie ? demanda sergent Patrick en plissant les yeux. Mais qu'est-ce que tu fous dans mon périmètre ? Ton paternel est malade d'inquiétude et il te cherche partout…

Le soldat Michaels appuya sur son émetteur-récepteur portatif pour parler :

— Commandement stratégique, ici Sous-niveau A. Demandons à parler au colonel.

Quelques secondes s'écoulèrent avant qu'une voix bourrue, couverte par les parasites, ne crache dans les écouteurs :

— Ici Briggs.

— Mon colonel, ici soldat Michaels et sergent Patrick depuis le Sous-niveau A... Nous avons retrouvé votre fils, mon colonel. Il est avec d'autres gamins, mon colonel... Je ne sais pas, mon colonel... Vous voulez lui parler ?... Bien reçu, mon colonel.

Ozzie leva la main pour se saisir de l'émetteur-récepteur. Le soldat Michaels appuya sur un bouton pour l'éteindre.

— Il te parlera plus tard.

À cet instant, le brancard commença à tressauter et à grogner der-rière les pieds de Zack, attirant l'attention des deux soldats vers

la couverture qui gigotait. Le sergent écarta Zack d'un bras solide comme du roc, tandis que le soldat s'agenouillait près du brancard pour découvrir la bête immonde.

— Oh bon Dieu ! jura le soldat Michaels.

Zombie Zoé rugissait sauvagement derrière son casque de crosse. Son visage, blanc comme neige, était couvert de lambeaux de peau qui ressemblaient à des croustilles au maïs. Une bave beige crème, qui semblait un peu caramélisée, s'écoulait du coin de sa bouche. L'estomac de Zack gargouilla. Il avait plus faim qu'il ne croyait.

— Délivrez-la du mal, soldat, ordonna le sergent Patrick.

Le soldat Michaels porta la main à son étui de revolver.

— Stop ! hurla Zack en bondissant entre zombie Zoé et le soldat Michaels. Vous ne pouvez pas la flinguer comme ça ! C'est ma sœur !

Zombie Zoé s'ébroua et rua, bavant en même temps qu'elle grognait.

— Les enfants, ceci n'est plus la sœur de personne, répliqua Patrick en lui jetant un regard contrit.

— Allez, écarte-toi, gamin ! hurla Michaels.

Au bout du tunnel, deux portes à la haute pointe de la technologie s'ouvrirent soudain en un sifflement, et tout le monde s'immobilisa.

CHAPITRE

Éclairé en contre-jour par la lueur fluorescente du couloir, un imposant officier militaire avançait d'un pas nonchalant.

Le sergent, le soldat et Ozzie se mirent au garde-à-vous en gonflant la poitrine. Rice les imita pendant que Zack, le dos voûté, gardait les mains dans ses poches. PasGreg, assis au sol derrière eux, les jambes croisées, soupira. Madison adressa mollement à l'officier un signe de paix en disant :

— Hé.

Twinkles aboya.

— Repos, beugla le colonel Briggs. Qu'est-ce qui se passe ici?

— Trafic de zombies, mon colonel! annonça le sergent Patrick en montrant Zoé du doigt.

— Protéger des zombies est un crime contre la loi.

Le menton du colonel s'affaissa lorsqu'il découvrit la jeune fille zombifiée, qui se trémoussait en grognant.

— Mon fils, nous sommes en plein milieu d'une apocalypse zombie, et toi, tu décides d'enfreindre les ordres en t'acoquinant avec une bande de voyous? Tu me déçois beaucoup, Oswald.

Ozzie balança un coup de pied dans le sol en maugréant des jurons.

— Avec tout le respect que nous vous devons, Monsieur le colonel, pardon, mon colonel, interrompit Rice, votre fils nous a plutôt tirés du désastre. Sans lui, nous serions sans doute déjà morts. Et alors là, adieu remède!

— Adieu remède? interrogea le colonel Briggs en le dévisageant, bouche bée.

— Exactement, colonel, continua Rice. Madison, grâce à sa boisson survitaminée bourrée de ginkgo biloba, est à considérer comme un sérieux antidote potentiel.

— Écoutez, j'aimerais bien entendre quelque chose de sensé! lâcha Briggs.

Rice ouvrit la bouche pour continuer, mais il fut interrompu :

— Enfin, par quelqu'un d'autre que toi!

Il regarda Zack.

— Et toi, tu es muet ou quoi?

Zack avala sa salive.

— Eh bien, mon colonel… Madison ici présente a été mordue par le zombie Greg, qui lui-même avait été zombifié par Twinkles, lequel avait été zombifié par un hamburger zombie… Seule Madison n'a pas été zombifiée, grâce au ginkgo. Or, zombie Greg a été dézombifié après l'avoir mordue, de même que zombie Twinkles, ce qui, d'après Rice, signifie qu'elle est l'antidote aux zombies.

Le colonel eut l'air complètement ahuri, puis il cligna des yeux.

— Mon garçon, je ne sais quel langage zombie tu causes, mais jamais de ma vie je n'ai entendu pareille ânerie.

— Non, pas ânerie, corrigea Rice. Cochonnerie de BurgerDog.

— BurgerDog?

— C'est la nouvelle chaîne de restauration rapide, mon colonel, expliqua le sergent.

— Mais si, vous savez bien : «Le hamburger au goût de chien», chanta le soldat Michaels en imitant la pub.

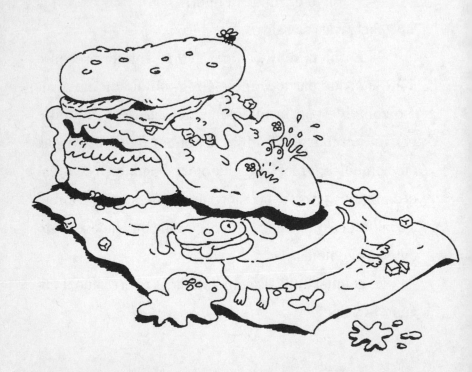

— Voilà, c'est exactement ça, acquiesça brusquement Zack. Ce sont ces hamburgers qui portent le virus zombie, mais Madison est immunisée puisqu'elle est végétalienne et boit des litres d'un breuvage bourré de ginkgo biloba.

— Ginkgo foutaises! J'ai plutôt l'impression que vous avez tous refusé l'inspection obligatoire et mis les pieds sans autorisation dans une zone interdite appartenant à l'État.

Zoé lâcha un grognement étranglé.

— Et pourquoi cette chose respire-t-elle encore, sergent? interrogea le colonel Briggs.

Zack se jeta sur le colonel.

— Mon colonel, s'il vous plaît, attendez!

— Jeune homme, pour le moment, notre priorité numéro un est d'éradiquer chacun de ces dévoreurs de cerveaux démoniaques, de façon à ce que le reste de l'humanité puisse survivre.

Zombie Zoé grogna et gargouilla dans son casque de protection.

— Enfin, regardez-la, soupira Briggs. Pas besoin d'y réfléchir.

— Permission d'en finir, colonel?

Le soldat Michaels mit la main à son arme.

— Attendez! s'écria Madison. Je vais vous le prouver.

Elle passa devant les deux soldats en claudiquant. Briggs fronça les sourcils.

— Qu'est-ce que tu fais, Madison? demanda Zack. Tu ne veux pas te faire mordre à nouveau.

— J'ai pensé à quelque chose. Regardez.

Elle détacha une partie du bandage ensanglanté protégeant sa morsure zombie et agita la gaze toute rougie devant le casque de Zoé.

Ils regardèrent tous la sœur de Zack mâcher puis avaler le pansement infect tel un lama affamé d'une ferme pédagogique. D'interminables secondes s'écoulèrent avant que le grognement inhumain de Zoé ne se calme. Les marques boursouflées sur son visage commencèrent à rapetisser. Puis, le grognement s'arrêta, et Zoé se décontracta.

Quelques instants plus tard, ses yeux s'ouvrirent, et elle posa un regard noir sur Zack.

— Tu es raide mort, petit frère!

— Non-on, rétorqua PasGreg. C'est toi qui étais morte...

— La ferme, Greg! lança Zoé d'un ton fort déplaisant.

— C'est PasGreg, l'informa Rice.

— Si, c'est lui, dit-elle sévèrement.

— Non, ça n'est pas lui, rétorqua Rice.

— Contente-toi de me détacher, implora Zoé en se trémoussant frénétiquement.

Personne ne fit le moindre mouvement.

— Maintenant!

PasGreg sauta sur ses pieds, détacha d'un geste brusque la mentonnière et ôta le casque. Il défit la laisse de M. BowWow qui était enroulée autour de son corps, et Zoé se redressa.

— Doux Jésus! s'exclama le sergent.

La bouche du colonel Briggs était grande ouverte, tandis que les deux soldats dévisageaient la jeune fille sans y croire.

— Prenez ma photo, tant que vous y êtes! Elle se conservera plus longtemps, s'exclama Zoé.

Le colonel Briggs et le sergent Patrick se rapprochèrent l'un de l'autre et chuchotèrent, comme deux adultes préparant quelque plan secret.

— Mon Dieu, Mad, que t'est-il arrivé? Tu n'as vraiment pas bonne mine, s'exclama Zoé en examinant sa meilleure amie.

Pas aussi mauvaise mine que toi, pensa Zack.

Le visage de sa sœur était toujours couvert de répugnantes plaques de pourriture fongique et sa frange noire collait à son front, comme les mandibules luisantes d'un scarabée du désert. Mais hormis son apparence dépenaillée et quelques plaies encore ouvertes, Zoé semblait à nouveau complètement humaine.

— Je me souviens que tu étais plus jolie que ça, Mad, lança Zoé méchamment.

— Tu te souviens? demanda Rice.

— Bien sûr que je me souviens, mon petit Johnston…

Zoé était la seule personne qui n'appelait pas Rice par son nom de famille.

— Je me souviens de toi comme du plus minus des binoclards jamais binoculés.

— Elle a décidément l'air parfaitement normale, murmura Madison à Zack.

— Ah ouais? riposta Rice. En tout cas, nous pouvons être certains que tu n'as aucune lésion cérébrale, vu qu'il faudrait que tu aies un cerveau pour ça.

Zoé leva le poing pour le frapper. Rice recula et reçut deux coups sur l'avant-bras.

— Écoutez, les amis, interrompit Ozzie. Je ne voudrais pas gâcher cette charmante petite réunion, mais mon père dit que nous ferions mieux d'y aller…

Quelques escaliers et deux ou trois ascenseurs plus tard, ils atteignirent une petite pièce fermée à clé, au bout d'un étroit couloir.

— Garde-à-vous !

Le colonel Briggs s'immobilisa et posa la paume de sa main droite sur un écran tactile noir destiné à balayer les empreintes digitales. Il pressa ensuite son œil contre un scanneur de reconnaissance rétinienne, et la poignée de porte clignota en vert.

— Bienvenue, colonel, dit une voix féminine futuriste.

Zack, qui s'attendait à un décor tout droit sorti d'un film de science-fiction, jeta un coup d'œil à l'intérieur de la pièce pour s'apercevoir qu'elle n'était pas plus grande qu'un placard et ne contenait qu'un téléphone mural à cadran rouge. Le colonel Briggs pénétra dans la pièce et sortit de sa chemise une chaîne en argent, où était suspendue une unique clé argentée. Puis, il prit le récepteur et composa trois fois : sept-sept-sept.

Clicclic-clicclic-clicclic-ding!

— Ici le colonel Briggs, demandant rendez-vous immédiat avec le service d'action psychologique de la B.M.A. de Tucson... Hum hum... Nous avons ici une petite fille qui pourrait bien être la réponse à la grande catastrophe zombie...

Le colonel Briggs se tâta le front et sembla réfléchir intensément avant d'énumérer une série de noms de code : Aigle. Phœnix. Panda. Parrain. Chien errant. Neuf. Crêpe.

— Que se passe-t-il au juste ? interrogea Rice.

— On dirait bien qu'il en réfère aux gros bonnets, lui répondit le soldat Michaels. Votre amie va partir pour Washington. Probablement verra-t-elle la Maison-Blanche... voire le président.

— Zack, j'ai peur, dit Madison doucement.

Le sergent et le soldat étaient maintenant en train de la porter sur le brancard d'Ozzie.

— Qu'est-ce qu'ils vont faire de moi ?

— Attends de voir ce qui se passe, d'accord ? Tout ira bien.

— Tu es sûr ?

Non, pensa Zack.

— Bien sûr, la rassura-t-il.

— Message reçu.

Le colonel raccrocha et se tourna vers ses hommes.

— Emmenez-la au service médical et faites-la soigner avant le décollage. Je vous retrouve à l'héliport.

— Bien, mon colonel!

Ils saluèrent à l'unisson et se mirent en route dans le couloir en portant Madison.

— Attendez! cria-t-elle en serrant Twinkles sur sa poitrine. Je n'ai même pas le droit de dire au revoir?

Le colonel Briggs grommela en regardant sa montre.

— Faites vite alors.

Toute la troupe se rassembla autour du sergent Patrick et du soldat Michaels.

— Merci de m'avoir sauvé chez Albertsons, Madison, dit Rice en premier. Tu as été vachement cool ce soir.

— Merci, binoclard.

Elle tendit le bras, le poing tendu. Rice cogna fraternellement son poing contre le sien avant de s'écarter.

Zack se trouvait maintenant en face d'elle.

— Zack, je ne sais pas quoi dire, affirma Madison, les larmes aux yeux. Sans toi, nous serions tous des zombies à l'heure qu'il est. OK, peut-être pas moi, mais bon, tu comprends...

Elle tendit les bras pour une étreinte amicale, et Twinkles lécha le nez de Zack alors qu'il l'embrassait d'un air gêné.

En signe d'approbation, PasGreg sourit et applaudit, prêt lui aussi à verser sa petite larme. Zoé fit mine de vomir.

— Hé, Zoé, dit Madison en s'adressant à sa meilleure amie. Je sais bien que tu trouves ton frère plutôt bidon... mais tu sais, il n'est pas si nul que ça.

Zoé fit un signe de la tête, comme si elle comprenait finalement.

— Tu as perdu beaucoup de sang, ma cocotte, dit-elle. Et tu es troublée, donc je te pardonne. Mais tu devrais laisser ces deux splendides gaillards t'emmener voir un médecin afin que nous soyons tous certains que rien ne devienne chronique chez toi.

— Bon, alors? soupira le colonel Briggs. Est-ce que tout le monde a eu suffisament d'effusions?

Ils acquiescèrent tous.

— N'est-ce pas mignon! Allez, filez maintenant.

— Au revoir, Ammoniaquée, dit PasGreg très sérieusement, tandis que les soldats emportaient Madison et Twinkles. Ravi d'avoir fait ta connaissance!

CHAPITRE

Le colonel Briggs les conduisit rapidement du couloir central au niveau supérieur. Les murs du corridor brillaient de propreté, et Zack était finalement heureux de se retrouver dans un endroit stérilisé, sans risque de contagion.

Le colonel s'arrêta devant une autre porte très « science-fiction » et y inséra sa clé. Quand le portail de haute technologie en acier inoxydable se fut ouvert, le colonel Briggs leur fit signe d'entrer en file indienne dans la salle de contrôle aérien.

Là, un grand écran plat était installé au-dessus d'un gigantesque panneau de contrôle. Le moniteur comprenait six écrans plus petits, qui enregistraient, sous des angles différents, toute action en provenance des caméras de sécurité situées autour de la base aérienne.

Derrière la console de contrôle numérique reliée aux postes vidéo, un prisme arrondi de miroirs orientables surplombait le complexe militaire. Au-dehors, deux énormes projecteurs promenaient leurs faisceaux lumineux sur la campagne pleine de zombies. Tels des drones, les hordes boiteuses de morts-vivants

avançaient inexorablement à travers les plaines désertiques, titubant vers les barrières de sécurité qui entouraient la base. Des zombies grimpés sur d'autres zombies s'accrochaient aux barrières grillagées pour les escalader.

— Bien, maintenant, écoutez-moi tous! beugla le colonel Briggs depuis le couloir, sa voix faisant frémir Zack. Cette pièce est impénétrable. Alors n'imaginez pas un instant en sortir sans mon consentement. Est-ce clair?

— Oui, mon colonel, répliquèrent-ils en chœur.

— Et ne touchez à rien, ajouta vivement le colonel Briggs.

Il se retourna et sortit de la pièce. Les doubles portes coulissèrent automatiquement et les enfants se retrouvèrent seuls. La salle de contrôle était calme. PasGreg se curait le nez.

— Ton père est méchant, lança Zoé en rompant le silence.

— Non, il est strict, c'est tout.

Ozzie se pencha sur la console pour examiner les moniteurs.

Rice grimpa sur le siège derrière les écrans de contrôle.

— Cet endroit est mortel! Exactement comme dans les films! dit-il en virevoltant sur la chaise pivotante.

À cet instant, un *bip* se fit entendre, ce qui fit sursauter Zoé. Sa poche vibrait.

— Ooh, chouette, un texto!

Elle extirpa son téléphone mobile et dit en l'embrassant :

— J'avais oublié jusqu'à ton existence. Pardon, bande de peeerdants, mais c'est que je dois être populaire maintenant.

Yiuu-yiuu-yiuu!

D'un seul coup, les lumières se tamisèrent. Des sirènes équipées de lumières rouges glapirent des quatre coins de la pièce en clignotant.

— Oh oh, dit Ozzie. Ça ne sent pas bon tout ça!

— Qu-qu-est-ce qui ne sent pas bon? demanda PasGreg en se mordant le poing.

— Là, indiqua Ozzie en montrant les écrans de sécurité.

Zack et Rice se penchèrent par-dessus l'épaule d'Ozzie pour regarder les moniteurs. Une foule sauvage de zombies en civil s'entassait devant les barrières en barbelé. Des mains grises et écaillées s'agrippaient au grillage en le secouant violemment. Des globes oculaires et autres bouts de doigts jonchaient le gravier.

— Oh mon Dieu, les mecs! lança Zoé depuis l'autre bout de la pièce. Samantha Donovan a dévoré le visage de Rachel Schwartz!

— On s'en tape! rétorqua Zack.

L'attention de Zack était captée par ce qui se passait sur les écrans de surveillance. Il distinguait le colonel Briggs et le sergent Patrick qui attendaient l'hélicoptère sur la piste d'atterrissage, en compagnie de Madison. Ozzie appuya sur quelques touches du clavier et l'image s'agrandit. Le colonel hurlait des ordres dans son émetteur-récepteur portatif. Madison gémissait, essayant de s'éloigner en boitant. Le sergent Patrick l'attrapa par le bras et la balança sur son épaule. Elle se débattit en tapant de ses poings le dos du sergent, criant quelque chose à gorge déployée.

Zack plissa des yeux pour essayer de lire sur ses lèvres. Il semblait qu'elle disait…

— Twinkles! s'écria Rice en désignant un autre écran.

La barrière de sécurité ploya et finit par se renverser, et le petit chien fila comme une flèche dans le désert, se faufilant au milieu de tout un tas de pieds qui se traînaient et de globes oculaires qui rebondissaient.

La sirène d'alarme continuait de clignoter et de hurler dans la salle de contrôle.

Zoé s'approcha des garçons, tout en faisant défiler les messages qu'affichait sa boîte de réception.

—Jamie Dumpert n'a plus d'yeux… Ha! s'exclamat-elle dans un éclat de rire dingo, cliquant sur son milliardième texto. Oh… mon… Dieu…

— Zoé, si j'entends ça encore une fois, je te jure
que…

— En voilà un des parents, minable! s'exclama Zoé
en interrompant son frère.

— Quoi? Qu'est-ce que ça dit? questionna Zack.

— Ah, je vois, dit Zoé en marquant une pause. Te
voilà intéressé par ma popularité, tout à coup?

— Zoé!

Elle s'éclaircit la voix.

— Le texto dit : «Ma chère fille, nous t'aimons.
Nous t'aimerons toujours. Mais l'heure est venue pour
ton frère de connaître la vérité. Zack est… adopté.»

— Zoé, arrête ça! rouspéta Zack.

Elle pressa sur un autre bouton.

— Tiens, c'est un message vidéo, bon à rien…

— Quand l'ont-ils envoyé ? demanda-t-il.

— Il y a une demi-heure, répondit Zoé.

Ils sont encore vivants… pensa-t-il.

La vidéo mit quelques secondes à charger. Zack, qui regardait par-dessus l'épaule de sa sœur, aperçut l'image granuleuse du visage de leurs parents sur le minuscule écran du téléphone. À moitié dans l'ombre, ils se serraient l'un contre l'autre sous un bureau. Tout en tressautant, l'image vidéo cadra un gros plan du visage de Mme Clarke. Sa voix était très basse et difficile à comprendre en raison de la mauvaise qualité sonore.

« …ça marche là ?… Je ne sais pas… Les enfants ? Nous sommes toujours dans l'école… Nous voulons vous dire que nous vous aimons… et que si nous nous sortons de là, ce sera véritablement notre dernière réunion de parents d'élèves. »

Un gros fracas se fit entendre en arrière-plan.

« Tu as entendu ?… Chhhhhhhuuuut… »

L'écran vira au noir.

Un frisson d'effroi se répandit jusque dans l'estomac de Zack. Est-ce que maman et papa vont bien ? Il n'y avait qu'une seule façon de le savoir…

Mais à ce moment-là, un éclair aveuglant de lumière balaya les fenêtres.

— Qu'est-ce que c'est? demanda Zoé alors que le rayon lumineux passait au-dessus d'eux.

— Là! s'écria Ozzie. L'hélico!

Tous se penchèrent sur la console pour regarder les écrans.

L'hélicoptère noir de jais faisait du surplace au-dessus de la piste couverte de zombies. Une échelle de corde se balançait à quelques mètres au-dessus du centre de la piste d'atterrissage. Toujours à la recherche de son petit chien perdu, Madison balayait du regard le territoire infesté de zombies, alors qu'elle atteignait en tremblant le dernier barreau de l'échelle. Deux hommes en costumes noirs et lunettes de soleil la hissèrent à bord. L'hélico reprit son vol et disparut dans un ciel noir parsemé d'étoiles scintillantes.

— Youpi! cria PasGreg.

Il avait sauté sur une chaise tournante et, bras ouverts, faisait l'avion en piqué. Zack l'observait au moment où la chaise à roulettes se mit à basculer, projetant PasGreg, le menton sur la console, avant de l'envoyer par terre avec un bruit sourd.

Un autre *bip* tonitruant se fit entendre, aussitôt suivi d'une voix de femme, calme et numérisée, qui sortait du système d'alerte de la base aérienne.

— Trois minutes avant la fermeture automatique des portes. Je répète. Trois minutes…

— Espèce de crétin ! s'écria Ozzie, furieux, en tapant comme un dingue sur le clavier.

La tête de PasGreg tomba sur le côté. Les yeux clos, il se recroquevilla au sol. Zack s'accroupit pour essayer de le réveiller en le secouant.

— Ozzie, dit Zack. Fais-lui le coup que tu as fait pour moi, tu sais, celui des sels qui puent.

— C'est tout ce que j'avais, grimaça Ozzie.

— Holà !

Rice montrait les caméras de sécurité. Toujours sur la piste, on pouvait distinguer, sur les écrans, le sergent Patrick et le colonel Briggs, désormais encerclés,

prisonniers d'une horde de zombies qui convergeaient
vers eux. Le colonel
et le sergent se défen-
daient courageusement,
balançant des coups de
poing de tous les côtés.

Ozzie avala sa salive,
les yeux écarquillés.

Imaginant ses propres
parents coincés dans une
école envahie de zombies, Zack eut
soudain la nausée.

À cet instant, une pétarade de tirs
de fusil retentit à travers les murs.

— Qu'est-ce que c'était ? interrogea
Rice.

Ils tournèrent la tête ensemble pour
examiner les moniteurs de surveillance.

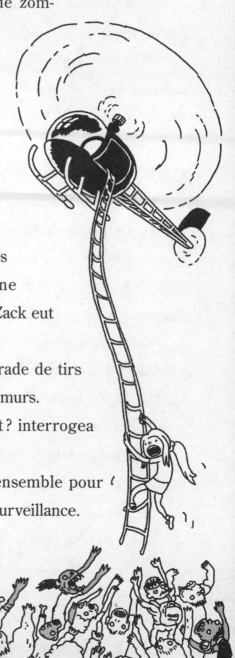

Une cohue compacte de monstres ravageait le complexe militaire, s'agglutinant dans le couloir à quatre voies. Le soldat Michaels, à genoux à l'intersection, se pressa de recharger son arme. Tandis qu'il tapait sur sa dernière cartouche pour l'enfoncer dans le chargeur, l'épaisse foule des zombies écrabouilla le soldat avant qu'il ait eu le temps de tirer un seul coup de feu.

— Bon sang! explosa Ozzie. Ils sont à notre étage.

— Comment ont-ils pu y grimper si vite? demanda Zack, un accent de panique dans la voix.

— Je n'en sais rien, rétorqua Ozzie. Mais ils sont bien là.

Le regard de Zack se posa sur l'écran affichant l'héliport. Un essaim compact de déments en mutation emplissait le moniteur de contrôle. Plus aucun signe du colonel et du sergent.

— Plus que deux minutes avant la fermeture automatique des portes, avertit la voix robotisée.

— Hé, les amis, il faut que nous sortions d'ici…

Zack se repassait la vidéo en boucle.

— Il faut que nous retournions à Phœnix sauver nos parents.

— Et que faire de PasGreg ? interrogea Zoé. Il est bien trop mignon pour être dévoré tout cru.

PasGreg suçait son pouce, affalé sur le sol froid et dur.

— Il sera en sécurité ici. Vous avez entendu ce qu'a dit mon père, leur dit Ozzie.

— Alors qu'est-ce que nous attendons ? demanda Zack.

— OK, mais nous faisons les choses à ma manière, compris ? beugla Ozzie.

— Compris ! hurla Rice

— Compris, marmonna Zack.

— Tout ce que tu voudras, mignon, lança Zoé avant d'appuyer sur le bouton commandant l'ouverture des portes automatiques. Allons-y !

CHAPITRE

Au-dessus de leurs têtes, des lampes blanches de secours clignotaient à la façon de stroboscopes alors que Zack, Rice, Ozzie et Zoé couraient dans le couloir. Une meute de zombies aux jambes arquées se faufilait dans le hall recouvert de lino, un tas épais de bras et de jambes lacérés déferlant dans l'angle du couloir.

— Par l'autre côté ! hurla Zack.

Ils se retournèrent en glissant dans le sens opposé. Au bout de l'autre couloir, un second terrifiant troupeau de zombies embouteillait le passage, se ruant dans leur direction. Ils étaient pris au piège, coincés entre deux rouleaux compresseurs qu'ils voyaient arriver lentement en plein sur eux.

— Crotte! s'écria Zack. Que devons-nous faire?

— Je m'en occupe, dit Ozzie en décrochant le nunchaku du goupillon relié à son paquetage militaire.

— Mec, tu as intérêt à la jouer Bruce Lee si tu as l'intention d'affronter toutes ces créatures à la fois, indiqua Zack.

Au-delà d'Ozzie, il apercevait la horde sinistre progresser de façon chaotique dans le corridor. Les zombies grognaient, projetant de la bave en se dandinant dans leur direction. Une brume pestilentielle planait au-dessus d'eux, emplissant le couloir de l'odeur putride de la mort.

Zoé se jeta sur l'unique porte du couloir pour l'ouvrir d'un coup sec.

— Stupide placard!

— Qu'est-ce qu'il contient? interrogea Zack en poussant sa sœur sur le côté sans attendre.

Un seau jaune qui contenait de la vieille eau usée et une vadrouille était posé dans un coin, près de deux balais. Zack saisit la bouteille de détergent sur l'étagère, en fit gicler quelques filets dans l'eau sale, et fit mousser le produit avec la vadrouille.

— Voilà.

Il tendit les balais à Zoé.

— Donnes-en un à Rice.

Derrière eux, la première meute chancelante de zombies approchait dangereusement du bout du couloir. Devant eux, la seconde horde de cinglés édentés trébuchait au fond du corridor.

Zack souleva la vadrouille dégoulinante et se mit à éponger le sol en répandant de la mousse.

— Qu'est-ce que tu fais? lui demanda Zoé. Tu es en train de rendre le sol complètement glissant.

— C'est ça l'idée, petit génie, rétorqua Zack en épongeant à reculons. Propre et savonneux.

— Pigé, lança Ozzie en se précipitant sur le seau jaune. Mais il faut que nous fassions vite. Nous avons moins d'une minute pour sortir d'ici.

Il donna un coup de pied sur le seau d'eau.

— Qu'est-ce que tu fiches? hurla Zack.

Le seau se renversa, projetant le liquide jusqu'aux pieds des zombies. La bande de monstres piétina la

flaque d'eau savonneuse qui se répandait. Tels des pati-
neurs débutants, ils glissaient sur le linoléum huileux,
se rattrapaient aux murs pour ne pas tomber, mais ne
faisaient que glisser davantage et s'écrouler.

— Suivez-moi !

Brandissant son nunchaku, Ozzie s'élança en se
faufilant au milieu des goules qui s'écroulaient en cas-
cade. En deux coups brusques, Ozzie assomma une
paire de zombies, puis, se retournant à toute vitesse
comme un défenseur de hockey, il en renversa deux
autres. Il conclut par le dernier zombie avec un double
salto arrière impeccablement synchronisé et atterrit
d'un bond sur le sol sec.

Mais qui est donc ce gamin ? se demanda Zack.

— À vos marques... prêts...

Zack se cramponna au manche de sa vadrouille.
Les zombies, à un mètre derrière eux, faisaient des
bruits de personnages de bande dessinée en train de
manger : gnork, gnork, gnork.

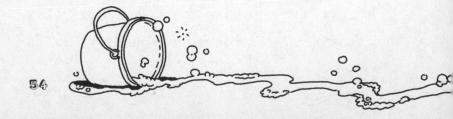

— Partez! hurla Zoé en s'élançant, brandissant son balai pour faire tomber les têtes, pendant que Rice courait au milieu des zombies étalés au sol.

Zack utilisa la vadrouille pour sauter à la perche par-dessus les glisseurs baveux ranimés. De son côté, ayant assommé les zombies un à un jusqu'au dernier, Ozzie s'était mis hors de danger.

— Plus que 30 secondes avant la fermeture automatique… prévint la voix.

— Vite, cria Ozzie, qui essayait de couvrir de sa voix le boucan de l'alarme. Nous pouvons encore y arriver !

Il ouvrit la route au travers du cœur sinistre et cramoisi de la base, trébuchant en dévalant un escalier en ciment avec Zack. Zoé et Rice les suivaient de près.

— La fermeture automatique des portes va se faire dans dix, neuf, huit…

Ozzie glissa sur la rampe d'escalier pour se jeter sur la barre de la porte de sortie de secours.

— …trois… deux… un…

Ayant tous atteint le rez-de-chaussée, ils se précipitèrent dehors.

— Fermeture définitive, annonça la voix féminine robotisée alors que la porte se refermait derrière eux.

Ils se retrouvèrent sur un petit escalier en ciment, face à une marée de véhicules.

— Que font toutes ces bagnoles ici ? demanda Zoé.

— Ça doit être à cause de l'embouteillage, répondit Zack.

— Je ne me souviens pas d'embouteillage, dit Zoé.

Rice lui remit la situation en mémoire.

— C'était quand tu étais totalement…

Il se tordit le cou et griffa l'air de ses ongles en mimant un visage de zombie.

— À l'arrière de la Volvo de ta mère.

Au loin, des centaines de zombies féroces s'éloignaient en boitant sur le bitume, en avalant leur propre mucus.

— Baissez-vous! ordonna Ozzie en touchant le pont.

Avançant à quatre pattes, Zack entendit un grognement dément et jeta un coup d'œil sous une Jeep Wrangler, garée à sa droite. Une policière zombie se tordait le ventre en rampant sur le gravier. Elle tourna brusquement la tête sur le côté pour dévisager Zack. Ses yeux injectés de sang étaient d'un rose intense.

Soufflant par sa bouche ouverte, la femme flic zombifiée souriait étrangement. Elle se glissa derrière eux et cala son corps sous la Jeep en grognant et grommelant.

— Dépêche-toi, Rice ! cria Zack en s'élançant comme un sprinteur quittant son bloc de départ.

Ils s'arrêtèrent vis-à-vis de la dernière voiture, observant la scène par-dessus une Cadillac violette, au capot décoré de longues cornes de taureau. Ayant franchi les rangées de véhicules, une inextricable mêlée de monstres acariâtres avançait d'un pas lourd en formant un piège diabolique. Quelques zombies au torse velu et portant des boucles d'oreilles crachaient leurs dents par poignées. Des filles zombies efflanquées titubaient à leurs côtés, leur peau veinée dégoulinant de leurs avant-bras recourbés et brisés. De petites vieilles zombies en peignoir de bain et pantoufles chancelaient non loin de cow-boys morts-vivants avec leurs chapeaux, qui boitaient dans leurs bottes en cuir, faisant tinter leurs éperons à chaque claudication. Des cervelles coulaient par les narines. Des lambeaux de peau se détachaient par paquets des êtres zombifiés, tous plus écœurants les uns que les autres.

Ozzie attira leur attention en pointant du doigt quelque chose au-delà du défilé de morts-vivants. Un tank militaire était à l'arrêt près des barrières de sécurité, non loin d'une nouvelle vague de zombies qui débouchait de la lande en titubant.

— J'espère que vous vous sentez tous assez souples, dit-il en étirant ses quadriceps et en courbant le dos.

— Tu veux passer à travers ça? s'enquit Zoé, l'air ahuri.

— Oui, quel est le problème? Tu as l'air parfaitement en forme, lui dit-il en la regardant.

Il tourna la tête vers les garçons.

— Ce sont plutôt ces deux-là qui m'inquiètent.

— Que cherches-tu à insinuer ? demanda Zack.

— Juste que vous ne m'avez pas l'air terriblement sportifs... répondit Ozzie en laissant planer l'insulte dans l'air vicié.

— N'importe quoi ! Nous nous portions super bien avant que tu ne te pointes, railla Zack.

— Bon, bon. Détendez-vous, commanda Ozzie en détachant les nunchakus de son paquetage. Et personne dans mes pattes, surtout !

Puis, faisant lentement tournoyer ses nunchakus, Ozzie avança en direction de la frénésie écervelée.

Des zombies aux yeux exorbités tournèrent la tête vers eux lorsqu'ils pénétrèrent cette foule de morts-vivants, traînant des pieds. Ozzie entra en action, en brandissant furieusement son arme, pour leur frayer un chemin. On n'entendait plus que le sifflement des pièces de bois cinglant l'air, et les cracs des sévères traumatismes crâniens provoqués par la performance époustouflante d'Ozzie et de ses nunchakus en style libre.

Les déments s'affalaient par petits groupes. Zack, Rice et Zoé se faufilaient en gesticulant sur la piste, esquivant les membres des zombies. Dès qu'ils eurent atteint la clairière, Rice et Zoé se précipitèrent vers le fantastique blindé noir. Zack allait les suivre quand il aperçut soudain le dernier zombie se traîner vers Ozzie.

Le colonel Briggs se tenait devant son fils, un bras en moins. Du sang giclait du moignon osseux de son épaule comme s'il s'agissait d'une bouteille de ketchup en plastique souple.

— Papa? s'enquit Ozzie en lâchant ses nunchakus, qui s'élevèrent dans les airs avant de s'abattre sur le ciment. Ton bras!

Le colonel zombie tenait par le poignet son membre arraché, le brandissant comme un homme des cavernes agitant un gourdin. Ozzie s'immobilisa au moment où son père levait le bras pour l'assommer avec l'appendice tranché.

Zack bondit et plaqua Ozzie au sol. Le colonel, perdant son équilibre, s'écroula sur la chaussée avec un bruit sourd. Tandis que le bras du zombie planait au-dessus de leurs têtes, les deux garçons roulèrent en terrain dégagé et, une fois hors de danger, se remirent sur leurs pieds.

— Mais qu'est-ce qui t'a pris ? demanda Ozzie en poussant Zack tel un joueur de basket faisant une passe. J'avais dit que je ne voulais personne dans les pattes !

— OK, répondit Zack, furieux. La prochaine fois que ton père voudra jouer au ballon prisonnier avec ta tête, je vous laisserai vous ébattre tranquillement.

Il se frotta la clavicule qu'Ozzie venait de cogner. Celui-ci se tenait immobile à regarder le colonel Briggs qui approchait d'eux, en glissant à plat ventre sur le sol. Le bras zombamputé du colonel rampait à côté de lui comme La chose, le serviteur de la famille Addams.

Les yeux emplis de larmes, Ozzie dévisageait son père alors que l'impressionnante horde de zombies, qui se mettait en marche dans leur direction, allait piétiner son papa.

— Bon... allons-y ! ordonna Ozzie, des sanglots dans la voix.

Là-dessus, ils s'élancèrent vers le char blindé, ami et ennemi, pendant que les zombies avançaient inexorablement dans leur direction.

CHAPITRE 6

Ayant pris possession du siège du conducteur, Ozzie se penchait sur une rangée de poussoirs aux couleurs primaires. Après avoir trituré la manette de l'accélérateur, il finit par appuyer sur le bouton vert indiquant MARCHE. Le blindé fit une embardée en grinçant, labourant la zone couverte de zombies.

Zoé, elle, était assise sous la tourelle du périscope relié à la mitrailleuse. Rice et Zack se tenaient côte à côte, assis sur le banc brancard fixé à la carlingue. Des câbles peints en blanc et noir pendaient du plafond bas du tank exigu. L'arrière était rempli de lances à eau et de valves hydrauliques, de manches noirs armés de petites manettes rouges, de casiers et de conduits recouverts de vignettes orange ou autres étiquettes d'avertissement marquées DANGER.

— Tenez, prenez ça et grimpez, dit Ozzie en saisissant deux paires de lunettes de vision nocturne dans le petit compartiment situé derrière lui. Essayez de repérer l'autoroute.

— Cool! s'exclama Rice en attrapant l'instrument.

Passant l'élastique derrière ses oreilles, qui se redressèrent bizarrement, il l'attacha et sourit, l'air un peu grotesque.

Zack passa à son tour les lunettes et grimpa pour soulever la trappe de la tourelle afin d'examiner la situation. Le char grimpait le long de la pente assez raide d'une colline, qu'une vague de zombies auréolés d'un brouillard vert citron dévalait par le versant le plus escarpé. On les voyait se bousculer dans la lueur vert néon des jumelles de vision nocturne.

Zack replongea la tête sous la trappe en criant :

— À gauche toutes, Oz !

Il grimpa à nouveau tandis que le tank pivotait sur sa gauche. Il faillit balayer tout le bas de la colline zombifiée.

— Échappé belle.

Zack essuya son front.

C'est alors qu'un zombie, aussi en loques qu'un sans-abri, bondit sur le char en chevauchant le train de roulement comme s'il s'agissait d'un tapis roulant. Lâchant un râle pitoyable, le clochard enragé leva son bras tordu en forme de Z.

— Zack, attention ! hurla Rice, essayant de couvrir le raffut du tank.

Le vagabond mort-vivant fut projeté en l'air par les chenilles du char, et Zack se baissa juste à temps pour laisser le monstre aux cheveux filasse finir sa course, aplati sur le sol. *Fiou !*

Zack balaya du regard l'horizon, au-dessus du contrefort éclairé faiblement par la lune. Il aperçut la courbe d'une chaussée en ciment, qui semblait rejoindre une autoroute. Les garçons rentrèrent de nouveau la tête à l'intérieur du char.

— Ozzie, l'autoroute est juste là, droit devant, dit
Zack.

À l'intérieur, Rice inspectait autour de lui en
humant l'air comme un chat traquant un insecte.

— C'est quoi, cette odeur? demanda-t-il. Vous ne
sentez pas?

— Tu veux parler de Zoé? ricana Zack.

Rice renifla plus fort.

— C'est du BurgerDog, conclut-il.

Zack se mit à flairer à son tour. Rice avait raison.

— Es-tu bien sûr que ce n'est pas celui qui traîne dans ton sac ?

— Non, le sachet est complètement hermétique, affirma Rice.

— Attendez une minute…

Zack grimpa pour repasser la tête par la trappe de la tourelle.

Dans la semi-obscurité précédant l'aube, il distingua quelque chose. Plus loin, une coupole de néon bleuté éclairait le côté de la route.

Zack ajusta la fonction zoom de ses lunettes de vision nocturne.

Un gigantesque teckel rotatif BurgerDog tournait lentement au-dessus d'un restaurant d'autoroute. Un filet de fumée s'échappait de la cuisine située à l'arrière du bâtiment. Le parc de

stationnement était bourré de véhicules abandonnés. Par collisions frontales ou accrochages entre pare-chocs, tous s'étaient entremêlés de façon invraisemblable. Les pare-brise étaient barbouillés de bave rance, l'entrée du restaurant-minute, éventrée. Un petit incendie flambait où la station-service, là où une voiture s'était encastrée dans une des pompes à essence.

— Ouah!

L'aboiement d'un chiot troua le calme étrange et inquiétant. Zack tendit l'oreille. *Entendait-il des voix*?

— Ouah! Ouah!

Twinkles?

— Ozzie, arrête cet engin! hurla Zack depuis la tourelle.

Freinant brusquement au beau milieu de la décharge postapocalyptique, Ozzie fit dévier le char de la route nationale. Zombeez! était griffonné dans la couche de crasse recouvrant le côté d'un pick-up Ford. Le bitume grouillait d'une constellation de petits rongeurs qui se repaissaient des restes de viande de hamburgers.

Rice et Zoé grimpèrent derrière Zack pour sortir par la trappe pendant qu'Ozzie s'éjectait du siège du conducteur. Ils s'élancèrent vers l'entrée du BurgerDog en piétinant la vermine qui rampait au sol. Twinkles aboyait dans le vide.

— Beurk! s'exclama Zoé alors qu'un rat passait en courant sur ses pieds. Évidemment, je n'ai pas mes Uggs!

— Twinkles! s'écria Zack avant de courir vers le chiot.

Ozzie s'arrêta net dans son élan, montrant le sol du doigt.

— Serpent...

Un serpent à sonnette zombie, farci de BurgerDog, faisait claquer ses crocs venimeux à la face du petit bâtard entêté.

Twinkles grognait, défendant son bœuf haché de BurgerDog à demi mâchouillé. Il baissa la tête entre ses pattes avant et releva son arrière-train en remuant la queue.

— Ouah!

Il croyait que c'était un jeu.

Kissss… Tcheeuuu… Ktisssss!

Le serpent zombie n'avait apparemment aucune envie de jouer.

Soudain, l'estomac du serpent éclata en son milieu, projetant des petits pieds déchiquetés et des griffes, qui étaient en train de déchirer les entrailles du reptile. On avait affaire à un renversement hideux du phéno-mène d'ingestion-digestion, de renaissance et de mort vive : la chaîne alimentaire était devenue dingo.

— Mortel ! s'exclama Rice, transporté par le désordre surnaturel des évènements.

Le serpent zombie, ayant attaqué d'un grand coup de gueule le rat qui sortait de son ventre, se reput pour la deuxième fois du même repas.

Twinkles vomit d'un coup la viande du hot-dog hamburger zombie. Zack s'abattit sur le cabot et le sai-sit. Il le gratta derrière les oreilles.

— Tu n'aurais pas dû manger ce…

Le chiot tourna vivement la tête en laissant échapper de sinistres couinements.

— Qu'est-ce qu'il y a? Madison te manque?

C'est à cet instant que Zack leva la tête pour découvrir ce qui faisait pleurnicher Twinkles.

Un camionneur zombie sortait en boitant de derrière son semi-remorque penché. Puis, un employé du service au volant du BurgerDog se dressa derrière une décapotable rouge écrabouillée, le ventre tombant par-dessus son pantalon déchiré comme celui d'un ogre. Des zombies de plus en plus nombreux apparurent derrière les épaves. Des routards à moitié morts, des bouffeurs de cochonneries, des mères au foyer recouvertes de bave et des pompistes enduits de graisse, tous braillaient pour avoir de la cervelle à

manger. Les zombies enragés de l'aire de repos déboulèrent à travers le parc de stationnement infesté de rats, les yeux fixés sur les sauveurs du petit chien.

— Hé, les amis, indiqua Rice. J'ai l'impression que nous venons d'être inscrits au menu du jour.

— Repli! s'écria Ozzie.

Ils s'élancèrent comme des fous vers le char blindé.

Zoé poussa un hurlement quand un gros essaim de rats morts-vivants s'attroupa autour de ses pieds. Son téléphone portable tomba en cliquetant sur le bitume.

— Mon bébé!

Elle s'arrêta pour regarder derrière elle et vit les rongeurs avaler l'appareil sans fil en poussant des cris aigus.

— Oublie ton crétin de téléphone, Zo!

Zack attrapa sa sœur par le bras et la tira hors du tapis de fourrures grouillant.

Ils grimpèrent en vitesse sur la carcasse du tank et se hissèrent à l'intérieur. Le blindé vibra pour se remettre en branle. Tandis qu'Ozzie conduisait le char vers l'autoroute, Zack entendait les petits squelettes des rats zombies s'écrabouiller sous les chenilles.

— Tout le monde est bien là? cria Ozzie.

Rice compta rapidement.

— Affirmatif, mon capitaine!

— Ouah! Ouah! aboya Twinkles en essayant de lécher le visage de Zack.

— Tout le plaisir est pour moi, répondit Zack au petit chien noir et blanc.

Et le tank émergea sur l'autoroute à quatre voies grouillant de morts-vivants qui avançaient péniblement sur le bitume avec leurs membres pliés et tordus.

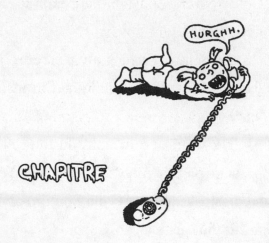

CHAPITRE

Ils finirent par se retrouver dans le quartier de Zack, Rice et Zoé.

Ozzie avait conduit le char pendant plus de deux heures à travers le désert nocturne, ce qui ne faisait que le rendre encore plus extraordinaire aux yeux de Zack. Ce dernier ne connaissait Ozzie que depuis quelques heures, et pourtant, il savait quasiment tout de lui.

Entraînement aux arts martiaux. Safaris dans la jungle. Plongée sous-marine. Il pouvait conduire un char blindé. Il pratiquait le kung-fu. Et quoi d'autre encore? Savait-il piloter un avion? Zack se demandait même si Ozzie n'était pas capable de voler *sans* avion.

Cela semblait possible après tout, avec une cape de superhéros.

Le char grinça pour s'arrêter à un stop à côté d'un panneau jaune indiquant : FAITES ATTENTION À NOS ENFANTS !

Ils se hissèrent hors du tank et sautèrent sur le passage piéton. Au bout de la rue, un rideau d'obscurité se dissipait devant l'école Romero alors que le soleil se levait tout juste à l'horizon.

Tout semblait bien aller. Le parc de stationnement plein de minibus était aussi propre et clinquant que celui d'un marchand de voitures neuves. Buissons et plates-bandes en bon état accueillaient les ébats des premiers oiseaux du jour. L'extérieur de l'école semblait intact, hormis un carreau de fenêtre brisé et des traces de pneus sur la chaussée laissées par une camionnette en fuite. Les marques passaient sur la pelouse. *Les parents de Rice ont peut-être réussi à s'enfuir*, pensa Zack. Ou bien étaient-ils en train de dévorer la maman et le papa de Zack à cet instant même ?

— Maman ! appela Zack quand ils furent plus près des bâtiments scolaires.

— Papa! cria Zoé à son tour.

— Ouah! aboya Twinkles.

Ozzie inspira profondément en disant :

— J'aime l'odeur du zombie au petit matin.

Approchant de l'entrée principale, ils projetaient tous les cinq de longues ombres sur les escaliers de pierre. Ils regardèrent à travers les vitres après avoir placé leurs mains autour des yeux pour mieux distinguer l'intérieur du hall de l'école.

VLAN!

Le bras pourri d'une zombie traversa le carreau d'une fenêtre pour attraper le visage boutonneux de Rice. C'était señora Gonzalez, leur professeure d'espagnol. La señora agitait son bras à travers les éclats de verre brisé.

— *AAAAAHHHH!*

Rice fit un bond en arrière, et ses lunettes tombèrent sur la marche en ciment.

— Je n'y vois plus rien! gémit-il en griffant l'air de ses mains à la façon d'un zombie.

Señora Zomzalez dévisagea Rice de son regard égaré et renfrogné.

— *Adios, Arroz*[1]! gargouilla-t-elle en postillonnant.

Ses grognements embuèrent la fenêtre alors qu'elle essayait de mordre à travers le carreau.

Zack ramassa les lunettes de son ami, que ce dernier put remettre très vite.

— Ah flûte, elles sont fêlées!

Rice agita son doigt en direction de son ancienne professeure.

— *No es bueno, Señora G. Es muy mal*[2].

------

1   N.d.T. : *Arroz* veut dire «riz» en espagnol («rice» en anglais).
2   N.d.T. : Ça n'est pas bien, Mme G. C'est très mal.

— Si nous voulons entrer là-dedans, il va nous falloir trouver des armes, leur dit Ozzie.

— Que diriez-vous du local de matériel du terrain de soccer ? suggéra Zack.

— Il est certainement fermé à clé, répliqua Rice en faisant la moue.

— Les cadenas ne sont pas un problème, indiqua Ozzie, l'air de rien.

Et ils se précipitèrent tous à l'arrière des bâtiments.

Sur le terrain de soccer, deux zombies joueurs de crosse clopinaient en s'envoyant des globes oculaires avec leurs bâtons, pour se les relancer ensuite à la figure quatre par quatre.

— Beeurk ! s'exclama Zoé.

— Chuuuuut! murmura Rice. Zack, voudrais-tu bien expliquer à ta sœur quelle est la règle numéro un en matière de zombies?

— Ne laisse jamais un zombie te mordre, Zo, dit Zack. Oh, mais c'est vrai qu'ils t'ont déjà mordue...

— Non, l'autre règle...

Rice attendit, mais Zack le regardait sans trouver.

— Les zombies sont attirés par le bruit, vieux.

— Cela n'est pas une règle, dit Zoé, c'est un fait. Tu ne connais rien aux zombies. Moi, en revanche, j'ai une expérience de première main.

— Taisez-vous! les implora Ozzie

quand ils atteignirent les doubles portes rouges du local de
matériel.

Il sortit une fine lame
métallique de son paquetage.

— J'en ai pour une minute.

Zack respira et jeta un coup d'œil vers
l'autre terrain de sport situé à l'arrière de l'école.
Un joueur de soccer sans tête tapait du pied dans
sa caboche comme dans un ballon. Le zombie piqua
de son pied fragile et tira un but. La tête arrachée
fusa des crampons et heurta la barre transversale.
Elle finit par s'arrêter juste sur la ligne de but, puis
le corps s'affaissa dans l'herbe humide du matin. Pas
de but.

— Euh, Rice? Il me semblait que tu avais expliqué
que les zombies mouraient si on leur coupait la tête, dit
Zack.

— Hum, je... je ne m'explique pas la chose pour
celui-ci, bégaya Rice. C'est vraiment étrange.

Quelques minutes plus tard, Zoé tapotait du pied
en vérifiant l'heure d'une montre invisible attachée à

son poignet. Rice bâillait; l'heure d'aller se coucher étant largement dépassée.

À cet instant, un râle guttural se fit entendre derrière eux. Ils se retournèrent pour apercevoir le sportif décapité qui driblait sa tête entre ses chaussures à crampons. Il lança soudain sa caboche très haut.

Blurgle-dahrgh!

Le zombie sans tête lança sa caboche haut dans les airs, tant et si bien qu'elle vola dans leur direction en se mordant la langue à plusieurs reprises pendant qu'elle tournoyait dans les airs.

— Beurk. Vite! s'écria Zoé.

— Je l'ai! s'exclama Ozzie, qui venait d'ouvrir le cadenas.

La porte s'ouvrit et Ozzie fonça dans le local.

— Entrez vite! ordonna Zack en poussant Rice, Zoé et Twinkles à l'intérieur.

Il se retourna ensuite d'un bond pour claquer la porte derrière eux.

Zack entendit un bruit sourd et juteux alors que la tête volante du zombie s'écrasait devant le local et s'affalait à terre en grondant férocement.

Zack appuya sur l'interrupteur. Pas un seul zombie dans la pièce.

— Écoutez, dit Zoé en levant les yeux au plafond.

Des gémissements torturés et des hurlements de zombies filtraient par les bouches d'aération.

— Maman et papa sont là-haut, dit Zoé solennellement.

— Allez, les amis, les intima Zack. Nous n'avons pas de temps à perdre.

Ils rassemblèrent des articles, se préparant à la bataille à venir.

Rice et Zack s'équipèrent d'épaulettes rembourrées de soccer et de vestes de receveur de base-ball. Zack ouvrit une petite boîte de graisse et se fit une marque noire sous chaque œil. Ensuite, il s'approcha d'un tonneau en bois contenant tout un assortiment de battes de base-ball et choisit une batte

avec un manche en aluminium brillant. C'était officielle-
ment son arme de choix.

Rice passa un casque de crosse.

— Qui suis-je ? demanda-t-il. Zack, bouh, je te
déteste, bouh, je vais te manger, bouhouh, dit-il en riant
et en désignant Zoé. Je suis toi !

Zoé dégaina un bâton de hockey en le sortant d'un
autre tonneau et cogna fort sur le casque de Rice.

— Hé, les amis, soyons sérieux, demanda Ozzie.

Il portait des protège-coudes et attachait de multi-
ples protège-tibias à ses mollets.

Zack brandit deux casques de footballeur. Il en
enfila un et passa l'autre à Ozzie.

— Pas besoin, indiqua ce dernier. Mais merci
quand même.

— Comme tu voudras, répliqua Zack tout exerçant
sa position de lanceur.

Twinkles renifla une paire de chaussettes cras-
seuses oubliées dans un coin poussiéreux.

Ozzie enfila un gant de batteur sur chaque main
et attrapa un bâton de hockey sur gazon. Zoé mit
une paire toute neuve de gants de gardien de but et

applaudit de ses deux mains ainsi nouvellement équipées. Adoptant une drôle de posture, elle bondit en arrière, un peu comme un boxeur, et cogna le casque de Zack aussi fort qu'elle put.

— Ouille! hurla-t-il.

— En garde, nullard!

— Zoé, ça va, laisse tomber!

— Mauvais choix de mots, cher frère.

Elle le cogna à nouveau, et la tête de Zack partit en arrière.

— Ah, très drôôle!

Dans l'autre coin de la pièce, Rice avait trouvé dans une boîte un porte-voix en plastique rouge et blanc, et l'avait attaché à son sac. Dubitatif, Zack le regarda.

— Quoi? demanda Rice. ça peut servir.

— Mais tu te souviens que tu as déjà été aux prises avec ce genre de choses…

— Elles sont marrantes, répliqua Rice innocemment. Enfin, utiles.

— Bon, ça y est, vous êtes prêts? demanda Ozzie.

— Une seconde.

Rice termina d'installer une genouillère avant d'attraper un bâton de hockey sur gazon.

Tout à coup, Zoé se mit à hurler.

Pour la première fois depuis sa dézombification, elle se voyait dans un miroir.

— Hou là là, dit-elle discrètement en observant son reflet. Mais comment avez-vous seulement pu me regarder ? Je suis immonde !

Des larmes coulèrent sur son visage hideux.

Zack, Rice et Ozzie se regardèrent en haussant les épaules.

Zoé renifla et leva les yeux au ciel.

— Il vaudrait mieux que quelqu'un me dise que je suis superbe avant que je ne m'évanouisse.

Personne ne broncha.

— Vite, je me sens défaillir.

— Euh, fit Zack, tu es… magnifique ??

— Ouais Zoé, tu… tu es la plus belle, ajouta Rice.

— *MENTEURS !* beugla-t-elle. Espèce de sales menteurs, vous m'écœurez.

Elle pinça et tapota son visage croûteux et coagulé, et respira profondément.

— Du moment qu'Ozzie sait que je suis habituelle-
ment bien plus jolie que ça…

Puis, elle s'empara d'un casque de hockey à visière
teintée et l'enfila pour cacher sa laideur au monde.

Et c'est ainsi qu'ils sortirent du local de matériel
pour aller sauver M. et Mme Clarke.

Ou leur donner un coup à la tête.

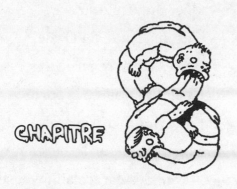

CHAPITRE

Ils progressèrent prudemment dans le premier étage obscur de l'école. Une distributrice de boissons projetait une lueur rouge au bout du corridor. Zack, Zoé, Rice et Ozzie parcouraient le lino au motif d'échiquier noir et blanc sur la pointe des pieds. Twinkles, lui, gambadait à côté d'eux sur la pointe de ses pattes de chiot.

Soudainement, le chien s'arrêta, renifla et fila comme une flèche.

— Twinkles ! appela Zack en courant après lui.

Ils le rattrapèrent tous devant la machine à café, à côté de laquelle la porte du bureau du gardien était entrouverte. Ozzie l'ouvrit d'un coup de pied. La porte grinça sur ses gonds.

— Mec… murmura Zack.

— C'est ma faute, dit Ozzie.

— Hé, les amis, regardez.

Rice pointa à travers la porte.

À l'intérieur du bureau, deux plateaux de BurgerDog étaient sur le bureau, ouverts et à moitié mangés. Twinkles caracolait joyeusement autour de la malbouffe.

— L'épidémie a dû démarrer ici, réalisa Rice.

— Pauvres parents, dit Zack, ému. Où crois-tu qu'ils sont?

— *Si* seulement ils sont… ajouta Ozzie de façon quelque peu cynique.

— Zack, si tu étais tes parents, où serais-tu à l'heure qu'il est? demanda Rice.

— Dans le bureau du directeur, répondit Zack avec aplomb.

— Ah bon, et pourquoi?

— C'est l'endroit qu'ils connaissent le mieux, expliqua Zack, se souvenant des moments où ses parents y avaient été convoqués pour discuter de ses activités parascolaires. Comme vendre des bandes dessinées d'horreur aux élèves de cinquième année. Ou être pris avec Rice la main dans le sac pour avoir cogné sur la distributrice de boissons en quête de sodas gratuits. Ou encore bavarder pendant les cours d'espagnol de la señora G.

— Peut-être que tes parents sont là aussi.

— C'est logique, approuva Rice, l'air sérieux.

Ils approchèrent d'un nouveau couloir et tournèrent le coin lentement, sans faire de bruit, jusqu'à la cafétéria. Des morceaux de chair visqueuse provenant des monstres s'accrochaient aux casiers vert vomi. Les murs punaisés de panneaux scolaires et de projets pour chaque classe étaient couverts d'une espèce de pus ressemblant à du blanc d'œuf.

Une affiche de campagne électorale étudiante aux grosses lettres boursouflées accompagnées de symboles monétaires clamait : VOTEZ POUR GREG — OU IL VOUS CASSERA LES JAMBES ! Elle aussi dégoulinait d'une bave infecte. Sur la photo, c'était bien Greg Bansal-Jones qui souriait, les pouces levés en son honneur.

À cet instant précis, un gémissement plutôt faible de zombie se fit entendre dans l'inquiétant couloir beige.

— Vous avez entendu? questionna Zoé.

En grinçant sur leurs gonds, les portes de la cafétéria battaient d'avant en arrière.

Zack percevait la puanteur de lait rance et de vieux cheeseburger qui planait en permanence dans le hall.

— Ohé? Les zombies? murmura Rice comme ils franchissaient les portes battantes.

La cafétéria était complètement dévastée. Les grandes tables de cantine étaient toutes renversées, en pagaille, et les chaises en plastique, amoncelées comme des sculptures d'art moderne, se trouvaient poussées contre les murs de la cafétéria. Des casiers de restes non réfrigérés renversés coulaient sur les plats cuisinés de la veille et sur les poudings au pain.

Zack n'en croyait pas ses yeux. Le local était impeccable quand il l'avait quitté hier, à la fin de sa retenue de nettoyage. Tout ce boulot pour rien !

Quand Twinkles se mit soudain à grogner de son typique petit grognement, ils levèrent tous la tête. Un groupe de serveuses zombies venait de surgir d'un coin sombre du fond de la cantine.

— Je les connais ! s'écria Zoé. C'est Carol et Doris… et Darla… et Bertha.

Leurs visages s'affaissaient en poches de peau fanée comme l'arrière du coude des personnes âgées. Les frisettes de leurs permanentes s'échappaient en touffes de leurs filets à cheveux. Les yeux de Bertha, à peine retenus par deux tendons vrillés et sanguinolents, pendaient hors de leurs orbites. La serveuse serrait dans chaque main un globe oculaire, qu'elle replaça dans les cavités de son visage, à l'envers.

— *Ouaarrg !* beugla la grosse Bertha.

Les autres serveuses sifflèrent en signe d'approbation.

— Qu'est-ce que nous attendons ? lança Ozzie, levant son bâton de hockey sur gazon. À l'attaque !

— Hé, mec, dit Rice en saisissant l'épaule d'Ozzie. Ne mords jamais la main qui te nourrit.

La grosse Bertha et les autres serveuses avançaient lourdement, en pataugeant dans la crasse qui couvrait le sol de la cantine.

Soudain, M. Fred, l'assistant concierge, sortit des toilettes des filles en chancelant. Les épaules en avant, il se jeta sur Zack, qui lâcha sa batte. Le bruit que fit l'aluminium en tombant résonna dans toute la pièce.

Le concierge réanimé lorgna au travers du casque de Zack, le reluquant avec le sourire étrange et fixe d'un tueur pathologique. Fred-le-cinglé, tête en avant, ouvrait grand sa gueule, dévoilant des dents marron tachées de sang. On aurait dit qu'il venait de mâcher des crachats de chocolat.

— Au secours ! hurla Zack.

La langue du concierge zombie était couverte de cloques gangréneuses truffées de bactéries noires. Zack repoussa la face baveuse de sa main nue. Son index glissa dans la narine humide et putride du zombie.

— Au secours! hurla encore Zack, cette fois-ci sur le point de vomir.

Un globule de mucosité pendit du casque de Zack, touchant presque le bout de son nez.

Une main surgit enfin, et empoigna la bête immonde par les cheveux. Le gardien zombie roula en arrière, les quatre fers en l'air. Le bras d'Ozzie repartit avec une poignée de cheveux visqueux, collés à un morceau de scalp déchiqueté. Rice fila un grand coup de bâton de hockey sur le préposé à l'entretien. Le choc provoqua un *floc*, suivi de l'effondrement du monstre énorme, qui tomba, mou et amorphe.

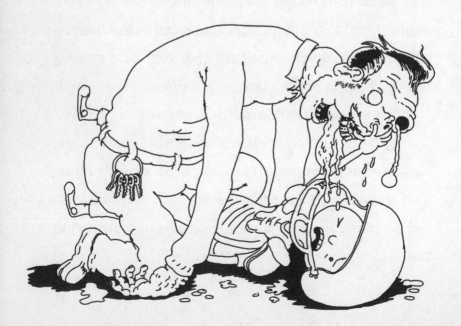

Ozzie et Rice se lancèrent l'un contre l'autre, thorax en avant, en rugissant comme deux lions.

Zack sauta sur ses pieds pour s'ébrouer et éliminer la crasse au plus vite.

— Merci, les gars.

Il essuya la morve des narines du vieux sur son pantalon.

— Pas de quoi, répondit Ozzie. Je te devais bien ça!

Zoé poussa une grande table entre eux et les serveuses, qui titubaient toujours dans leur direction. En l'attrapant par un coin, elle bascula une des tables, la renversant pour en faire une barricade.

— Bonne idée, Zoé! s'exclama Ozzie, se débarrassant de la poignée de cheveux du zombie pour courir l'aider.

Les serveuses zombies se rapprochaient. Ozzie tira vers eux une autre table, élargissant ainsi le barrage. Zack et Rice traînèrent un tas de chaises à l'arrière des tables, pour renforcer la barricade.

Zombie Darla tenait à la main un fouet de cuisine qui semblait dégouliner de pâte à crêpe. Elle leva le bras et aspergea le visage de Zoé de particules de bouillie jaunâtre.

— Beurk! s'écria Zoé en empoignant une coupe de dessert rose qu'elle balança à travers la pièce et qui s'abattit avec un gros *splash* sur le tablier de Carol.

— Bataille de bouffe ! cria Rice en attrapant au sol une poignée de flanc, qu'il jeta sur Zoé.

— Mais qu'est-ce que tu fiches, abruti ? hurla Zoé en essuyant son cou plein de dessert gluant. Tu ne vois pas que nous sommes du même côté ?

Zack ne put s'empêcher de rigoler.

C'est cet instant que choisit zombie Doris pour s'emparer d'une poêle remplie de goulasch et l'envoyer

s'écraser sur la barricade. Une catapulte de viande hachée, imprégnée de sauce tomate, vola en arc de cercle pour atterrir sur la poitrine d'Ozzie et de Zack.

OK, pensa Zack. *Vous l'aurez voulu !*

Se saisissant d'un plateau de boulettes de viande, il se mit à les balancer sur les serveuses zombies. Doris en reçut une dans la bouche, qu'elle avala d'un coup. Elle rota, titubant au milieu des tables, puis cracha autour d'elle des bouts de viande, en éclaboussant au passage le visage de Rice avec des petits morceaux de bœuf à demi mâchés.

Carol et Darla renversèrent la seconde table pour tirer furieusement sur la pile de chaises imbriquées les unes dans les autres. Zack récupéra au sol sa batte de base-ball, qui gisait près du concierge zombie assommé.

— Où est le bureau du directeur ? cria Ozzie au-dessus de la mêlée.

Zack s'arrêta, essayant de se souvenir du plan de l'école. Rice et Zoé étaient toujours en train de se bombarder de restes alimentaires, pendant que les serveuses zombifiées marchaient vers eux en agitant les bras.

— Arrêtez ça! leur lança-t-il.

Zoé et Rice interrompirent leurs lancers de nourriture pendant une seconde, et s'observèrent.

— Faisons la paix, dit Rice en lâchant une poignée de spaghetti.

Zoé fit semblant de suspendre les hostilités, puis saisit traîtreusement un biscuit aux flocons d'avoine, qu'elle lança comme un Frisbee sur le casque de protection de Rice, l'atteignant au nez.

— C'était pour rire! s'exclama-t-elle sournoisement.

— *Arrgh! Grrrrrrr.*

Les sereuses approchaient toujours dangereusement.

— Dépêchez-vous! cria Ozzie.

Tous finirent par le suivre.

Zack en tête, ils repartirent en courant dans le corridor où s'alignaient des rangées de casiers. À travers les vitres de la porte d'entrée, le soleil du petit matin baignait le vestiaire des garçons, éclairant le bout du couloir comme un phare.

— Venez, déclara Zack. Je connais un raccourci.

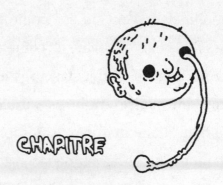

CHAPITRE

Ils poussèrent la porte du vestiaire et s'élancèrent le long des casiers de gym, entre les grands bancs en bois jonchés de serviettes blanches toutes tachées de bave vert pâle.

Zoé jeta un coup d'œil à gauche vers les toilettes des garçons.

— Holà… les gars, vos toilettes ont vraiment une drôle d'allure.

— *Ouaaaarrrrrgglichthchchc!* grommela un zombie.

Ils bondirent aussitôt sur leur droite.

Un agile zombie de secondaire deux surgit de la douche dans une parfaite tenue de receveur. Sa coiffe, à moitié de travers sur son crâne, laissait échapper une bosse de chair en forme de chou-fleur entre ses protections d'oreilles. Son justaucorps en latex était déchiré, exposant quatre éraflures parallèles, provenant visiblement d'une griffure de zombie. Le receveur zombie tanguait et s'agitait de façon très athlétique tout en essayant de lécher sa propre oreille.

— Tom? demanda Zack, qui crut reconnaître un de ses camarades de classe.

Zombie Tom plongea sur Ozzie, l'attrapant aux épaules dans un style très WWE[3].

Le super athlète zombie, qui semblait tenter une projection au tapis, visa Ozzie à l'aine, mais celui-ci leva la jambe à temps et pivota. Il tenait maintenant le fanatique de secondaire deux en clé au cou prise du sommeil.

— Vite, Rice! cria Ozzie. Ouvre le casier!

Rice tira sur la porte métallique, qui s'ouvrit dans un gros grincement. Zack attrapa les pieds du zombie

---

3 N.d.T. : *WWE* est l'abréviation pour « World Wrestling Entertainment », soit une entreprise de catch aux États-Unis.

pendant qu'Ozzie le poussait à l'intérieur du casier et claqua la porte.

— Joli travail les gars! dit Zack en tapant sur les épaules de ses copains.

— Dépêchons, bande de nullards! beugla Zoé en poussant sur la barre métallique de la porte de sortie.

Elle l'ouvrit en vitesse, et ils se faufilèrent à l'intérieur du gymnase par la porte latérale. Zack ouvrait la marche en leur faisant traverser le terrain de basket-ball. Le plancher était collant, comme celui d'un cinéma. Des tables de rafraîchissements

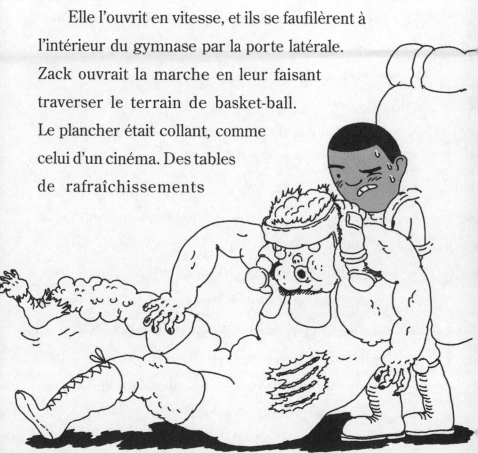

renversées et chargées de desserts et de saladiers remplis de punch coulaient sur les lignes de touche. Rice enjamba la pagaille et se baissa pour ramasser un carré au citron qu'il observa un instant.

— Beeurk! s'écria Zoé, écœurée. Il mange à même le sol!

Rice avala la sucrerie délicieuse, déglutit avec bonheur et soupira.

— Ils ne font de bons desserts que pour les parents!

— Rice, mais qu'est-ce que tu fabriques? le houspilla Zack. Il aurait pu y avoir de la bave de zombie là-dessus.

— Je m'en fiche, Zack, répondit-il. Ces machins au citron sont mortels!

— Chhhhuuuuut, fit Ozzie. Écoutez.

À cet instant, comme surgissant de l'ombre, un ballon rouge rebondit et roula aux pieds de Zack.

— Quoi?

Une silhouette, sortie instantanément de sous les gradins, accrocha Rice par son sac. C'était leur professeur de gym, M. Ziggler, un mort-vivant d'une cinquantaine d'années, vêtu de son survêtement vert pomme Adidas.

Rice tomba par-derrière et recula en crabe sur le plancher, tandis que l'entraîneur zombie le reluquait.

— Je ferai mes tours de piste régulièrement, M. Z.! promit Rice. Je ferai des pompes aussi, mais fichez-moi la paix!

Zoé, qui avait saisi le ballon en un éclair, l'envoya sur le zombie Ziggler. La balle rebondit avec un bruit spongieux sur la tête du monstre. Imperturbable, M. Ziggler gronda, se baissa et frappa son élève peu en forme.

— Aaaaaahh! hurla Rice.

Zack s'était dressé et tournoyait avec sa batte. Il fondit sur le gourou du «capturez le drapeau», qu'il abattit d'un seul coup.

Rice souffla profondément pendant que Zack l'aidait à se relever.

— Euh, les gars…

Zoé montrait du doigt quelque chose derrière eux. Une armée de parents, de professeurs et de personnel de l'école sortait des tribunes et avançait, traînant des pieds sur le plancher de la salle de gym. Leur professeur d'arts plastiques, M. Dickens, chancelait à côté de Mme Thomas, la professeure d'histoire de secondaire deux. La chemise rose de M. Dickens était maculée de traînées noires et rouges peintes à la main avec des tripes de zombies, un peu comme des dessins d'enfants de maternelle. Mme Thomas zozotait, gargouillait et crachouillait. Ses bras, dégoulinant de mucosité violette, s'agitaient devant son visage.

Ozzie approcha des deux éclopés en brandissant son bâton de hockey sur gazon.

— Mme T., c'est bientôt de l'histoire ancienne! railla Rice.

Ozzie arma sa matraque d'une seule main et assez bas, de façon à dégommer les pieds du professeur par en dessous. Il fit tourner son gourdin comme une simple baguette et cogna Mme Thomas sur le ciboulot. Le corps de la réanimée s'écroula en produisant un impeccable double *ploc*.

Fin des cours.

— Courez! ordonna Ozzie alors que parents et enseignants morts-vivants, totalement furieux, prenaient le terrain d'assaut.

Zack ouvrit grand les portes de la salle de gym, et ils s'installèrent en haut des marches qui surplombaient le hall d'entrée. Le couloir rempli de zombies résonnait de râles fiévreux et glaireux.

— *Yaaarrg snifff grrrraou* !

Une nouvelle ribambelle d'affreux professeurs zombies jaillit au centre du hall en expectorant et crachant.

— Ne bougez pas d'ici, cria Zack en retournant rapidement dans la salle de gym.

Les zombies piétinaient maintenant la zone restrictive du terrain.

Zack agrippa les barres métalliques de deux paniers de rangement de ballons, qu'il roula hors du terrain. Puis, il glissa le manche d'un bâton de crosse à travers les poignées des portes, de façon à enfermer les zombies restants dans la salle de gym.

— C'est pour faire quoi, tout ça? demanda Rice, qui s'exerçait avec son bâton de hockey.

— Ballon prisonnier... répondit Zack en tapant sur le cuir très dur d'une balle.

— Mec, tu sais bien que j'ai horreur du ballon prisonnier.

— Ne t'en fais pas, Johnston, répliqua Zoé en s'emparant à son tour d'un ballon. Tu ne seras pas le dernier à être choisi… Tu fais déjà partie de l'équipe, ajouta-t-elle en faisant tourner le ballon sur un doigt.

— Visons uniquement les têtes, les amis ! ordonna Ozzie en sortant du panier de rangement un ballon de basket en caoutchouc And1[4].

Il lança la balle dure comme du roc sur M. Milovitch, en l'atteignant au front. Le conseiller d'orientation zombie chancela et s'écroula sur le sol du hall d'entrée.

— Joli coup, Oz ! dit Rice en lui faisant le signe du respect et en saisissant pour lui-même un ballon.

---

4   N.d.T. : *And1* est une marque réputée de ballons de basket-ball aux États-Unis.

Faisant preuve d'une remarquable adresse, tous les quatre envoyèrent une flopée de ballons exploser les têtes putréfiées des zombies.

La diabolique professeure de théâtre, Mme Merriweather, bondit sur les escaliers pour choper Zack par les pieds. Elle portait un chemisier à frou-frou couvert de crasse et de bave, ainsi qu'un jean bizarre, qui lui montait trop haut au-dessus de la taille.

Zack saisit un autre ballon et, ayant visé le visage pâle et flétri de la zombie théâtrale, il lui éclata la tempe. Dans le mille ! La professeure zombie s'affaissa en un horrible tas.

— Ça y est, nous avons gagné ? demanda Rice en essayant de récupérer son souffle.

Trop fatigué pour continuer à lancer, il tira le ballon à la manière d'un gardien de but. Son ballon, qui ricocha sur le plafond, atteignit Mme Ledger, l'enseignante de cinquième année, au sommet du crâne. Rice montra la zombie du doigt :

— Éliminée !

Soudain, une autre vague de zombies surgit latéralement en se traînant à l'intérieur du hall d'entrée, comme dans une contre-attaque de jeu vidéo. Des filets de morve et de bave leur coulaient sur le corps, et des paquets de pus grumeleux leur sortaient de partout.

— Ce n'est pas encore gagné, vieux! cria Zack.

Rice tira un autre coup chanceux, qui atteignit le directeur adjoint Liebner à la tête.

— Ah bon? Parce que moi, j'ai plutôt l'impression de triompher… dit-il en levant le poing.

Soudainement, une main de zombie tira sur l'épaule de Zack. Il fit demi-tour pour se rendre compte que c'était Mme Amorosi, la chef bibliothécaire, qui grognait et bavait en haut du palier. Zack dégagea son bras, et la zombie chancela en arrière avant de revenir très vite à la charge. Un ballon de basket siffla aux oreilles de Zack. Il alla frapper tout droit le visage de la rate de bibliothèque. *VLAN!* La zombie vacilla, avant de tomber en arrière, dans l'escalier.

— Ils sont trop nombreux! hurla Ozzie par-dessus le chahut.

L'estomac de Zack s'emplissait de panique au fur et à mesure que de nouveaux zombies s'entassaient dans le couloir du collège.

— Terminé, le ballon prisonnier, déclara Zoé avec une moue en montrant le casier vide.

Les portes de la salle de gym vibraient derrière eux. Des bras et mains grotesques, qui avaient brisé les vitres en verre dépoli, frappaient à l'aveuglette au-dessus de leurs têtes.

— Il faut se tirer d'ici au plus vite ! s'écria Rice en baissant la tête sous la voûte que formaient les membres agités des zombies.

En sautant les marches, Zack dérapa sur une mare visqueuse de quelque chose de dégoûtant. Zoé, Ozzie et Rice dévalèrent les escaliers en trombe, se baissant pour échapper au moulin à vent de bras et de jambes putrides.

Tout à coup, la señora Gonzalez, qui s'était frayé un passage en bousculant deux de ses collègues zombifiés, attrapa de nouveau Rice violemment. Se projetant en avant, elle le plaqua contre la vitrine des trophées.

— ¡ *Arrozzzzzzz!* bêla-t-elle.

— ¡ *No me gusta!* ¡ *Por favor*[5]! cria Rice.

En tentant d'entamer son casque de protection, les dents de la zombie claquèrent de sinistre façon.

S'il n'avait pas porté son casque, la professeure d'espagnol démente lui aurait arraché le visage avec les dents. Zack s'empara d'un trophée de soccer et frappa la zombie sur un côté du crâne.

— Ça va, mec? interrogea-t-il en tirant Rice loin de la vitrine brisée.

— On dirait, dit Rice, qui s'époussetait en décochant un regard noir à la señora Gonzalez.

---

5 N.d.T. : Non, je n'aime pas ça! S'il vous plaît!

— Dis donc, elle a vraiment l'air de t'en vouloir particulièrement, n'est-ce pas?

— *Aarrgh !*

Le zombie Milovitch, qui s'était relevé, menaçait à son tour les garçons. Sans attendre, Zack répliqua en lui flanquant un coup de batte monumental.

— Tu n'as pas encore vu mes parents? demanda Rice.

— Non, vieux, pas encore.

— Par ici, les gars! appela Zoé en agitant le bras, non loin d'une porte située à côté d'Ozzie.

Ils traversèrent à toute vitesse l'école transformée en asile de zombies pour déboucher dans un couloir vide.

Du moins, c'est ce qu'ils croyaient.

CHAPITRE

Une meute excitée d'adultes morts-vivants surgit du fond du couloir. Les zombies grattaient les murs en arrachant les panneaux d'affichage et déchiraient les dessins d'élèves avant de les jeter au sol. Ils raclaient leurs membres disjoints contre les casiers. *Vlan! Bing! Clonk!*

Zack, Rice et Zoé ouvraient chaque porte à la recherche d'une sortie, mais toutes les classes étaient verrouillées. Toutes sauf une. C'était la classe de science naturelle de la première période de M. Budington. Zack poussa tout le monde à l'intérieur et referma doucement la porte à clé. Tous reprirent leur souffle.

— Échappé belle, souffla Zoé.

— Et ça n'est pas fini, renchérit Ozzie, l'oreille collée à la porte. Ils arrivent.

— Bon, bon, il nous faut un plan.

Zack se gratta la tête.

— Rice, c'est quoi le plan ?

— Je ne sais pas. Ozzie, que devons-nous faire ? demanda Rice.

— Eh bien, pensa Ozzie tout haut. Mon maître m'avait enseigné toutes sortes de stratégies de combat.

Nous sommes de retour aux Exploits d'Oswald Briggs… pensa Zack.

Ozzie continua :

— Avez-vous entendu parler de la manœuvre « Appât et destruction » ?

— Non, mais ça a l'air fantastique, s'exclama Rice.

— En fait, ça veut dire que nous devons monter un piège ou inventer quelque chose pour pouvoir nous échapper dès que l'ennemi sera distrait par la diversion.

— Est-ce que cela ne s'appellerait pas tout simplement « Appât et évasion » ? demanda Zack.

Ozzie le dévisagea.

— Et nous sommes censés distraire les zombies avec quoi ? interrogea Zoé.

Rice traversa le labo de sciences naturelles. Un pot en verre éclairé par le soleil luisait sur l'appui de la fenêtre. Il contenait le spécimen de cerveau humain utilisé par M. Budington. Rice saisit le pot pour l'apporter sur le bureau du professeur. La cervelle, onduleuse matière spongieuse, flottait dans une eau jaunâtre.

— Que veux-tu faire avec ça, Rice ? demanda Zoé.

— Vous ne voyez pas ce que c'est? interrogea Rice solennellement.

— Cette affreuse Meredith Jenkins m'a dit que c'était le *vrai* cerveau de M. B., lâcha Zoé avec un mouvement de recul. Beurk.

— Ce cerveau n'est même pas un vrai, indiqua Zack d'un air méprisant.

— Oh que si, il est bel et bien réel.

Rice dévissa le couvercle et mit sa main dans le pot.

— J'ai toujours voulu le toucher.

Il retira la cervelle du pot à main nue et la déposa sur le bureau.

— Le plus intelligent des cerveaux jamais vus sur Terre. Albert Einstein, dit Rice en le tâtant du bout de son crayon n° 2.

— Referme-le, Rice!

Zoé se pinçait le nez pour ne pas respirer l'odeur de formol qui envahissait la classe.

— Rice, sérieusement, vire-nous ce truc, geignit Zack.

— *Sérieusement,* non, Zack, rétorqua Rice.

— Pourquoi pas ?

Rice sourit, le morceau de cervelle étalé dans la paume de sa main.

— Parce que c'est le leurre.

BAM ! BAM ! Le mur se mit soudain à trembler sous les coups. Ils se retournèrent.

Zack courut à la porte et regarda par la fenêtre hachurée. C'était M. Budington.

Et il voulait récupérer son cerveau.

Le professeur zombie donnait de grands coups sur la porte, chaque saccade attirant davantage de zombies.

Rice saisit un morceau de craie et inscrivit rapidement au tableau : PROFFECEUR RICE. L'orthographe n'avait jamais été son fort. Très content de lui, il marcha ensuite de long en large, les mains derrière le dos, à la manière d'un menaçant professeur d'école.

— Je vous en prie, déclara-t-il en désignant à Zack, Zoé et Ozzie les sièges du premier rang, les invitant à s'y asseoir.

— Laissez-moi vous poser une simple question : Quelle est la chose qu'aiment les zombies par-dessus tout ?

Le professeur Rice attendit la réponse en caressant une barbe imaginaire.

— Éternuer? lança Zack depuis le premier rang.

— Râler? tenta de deviner Ozzie, assis au pupitre voisin.

— Moi, ce que j'aimais le plus, c'était arracher la gueule des gens, déclara Zoé. Quand j'étais zombie, je veux dire.

— Les cerveaux, les amis! répliqua Rice, l'air déçu. Maintenant, je vais vous poser une autre question : pourquoi croyez-vous que les zombies surgissent toujours de nulle part, même quand nous ne faisons pas de bruit?

— Parce qu'ils sont partout, dit Zoé.

— C'est juste, mademoiselle Clarke, mais non... Les zombies disposent vraisemblablement de récepteurs ultra-sensibles leur permettant de se glisser dans nos cerveaux.

— Tu veux dire que le virus se servirait des cerveaux morts pour apprendre comment chasser d'autres cerveaux?

— C'est exactement ce que je pense, monsieur Clarke, acquiesça Rice. Un bon point pour vous.

— Alors, c'est quoi ton plan de génie? demanda Zoé sur un ton faussement puéril. Il y a environ 50 000 de ces monstres dégueux autour d'ici, et toi, tout ce que tu proposes, c'est une piteuse cervelle?

M. Budington cogna à nouveau furieusement contre la porte.

— *Ceeeerveaux!* beuglait-il.

— C'est la raison pour laquelle il nous faut quelque chose pour couper celui-ci en morceaux, expliqua Rice, ignorant la rage du professeur mort-vivant.

— Voilà qui devrait faire l'affaire, désigna Ozzie en dégainant un couteau de l'étui vert attaché à sa ceinture de survie.

Rice prit le canif en souriant, puis palpa les ondulations du cerveau avec la lame aiguisée. Chacun maugréa quand Rice commença à découper des tranches dans la cervelle, comme s'il s'agissait d'une miche de pain. L'acier crissa en s'insinuant dans l'humidité caoutchouteuse du spécimen.

— Je ne veux pas voir ça, déclara Zoé en se tenant le ventre et en se retournant.

M. Budington continuait de gémir et de hurler en cognant sur la porte.

Twinkles lécha une tranche de cervelle. Zack et Zoé reculèrent de dégoût.

— On dirait bien qu'il y a encore un peu de zombie en lui, ricana Ozzie tandis que Rice terminait de séparer les tranches de cerveau.

— Maintenant, pour la deuxième étape, j'ai besoin de toi, Oz, expliqua Rice.

Rice et Ozzie poussèrent le bureau du professeur contre le mur, et Ozzie souleva Rice pour que celui-ci puisse atteindre le haut de la fenêtre au-dessus de la porte.

— À table ! cria Rice par la fenêtre, depuis son perchoir.

Dès qu'il balança les tranches de cervelle sur la tête de M. Budington, les coups sur la porte cessèrent. Puis, Rice envoya les échantillons suivants loin dans le couloir, comme s'il jouait au Frisbee.

— Attrapez !

Les petits morceaux de cerveaux s'écrasaient en glissant sur le sol en lino. Le dîner était servi.

Zoé ouvrit la porte pour voir si les zombies se jetaient bien, à l'autre extrémité du couloir, sur les morceaux de viande pour cannibales. Zack entendait les *slurk* et les *glurp* des mâcheurs de cerveau.

Gniork gniork gniork. Gnouf gnouf gnouf gnouarf.

Sans se faire voir par les goules qui festoyaient, Zack, Zoé, Rice, Ozzie et Twinkles se faufilèrent tout doucement dans le corridor, avec l'espoir de se rendre enfin au bureau du directeur.

CHAPITRE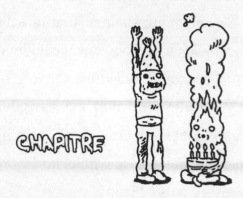

Zack frappa doucement à la porte du bureau, qui était fermée à clé. Ils attendirent dans un silence indécis.

— Maman, es-tu là? chuchota-t-il d'une voix rauque.

— Zack?

Une voix étouffée se fit entendre à travers le panneau de bois. La porte s'ouvrit d'un petit centimètre. Mme Clarke jeta un coup d'œil par la fente et soupira :

— Oh, merci mon Dieu!

Elle ouvrit aussitôt la porte pour les faire entrer dans le bureau du directeur.

Zack enlaça sa mère en la tenant par la taille. Elle serra sa tête contre sa poitrine.

— Bonjour, madame Clarke, salua Rice timidement.

— Bonjour, Johnston, répondit-elle.

Telle mère, telle fille.

— Vous avez vu mes parents dans le coin ?

— Désolée, mon chéri, mais nous avons vécu ici une telle horreur que nous ne savons même pas si certains ont pu s'échapper.

Rice, inquiet, se rongeait les ongles.

— Où est papa ? demanda Zack.

— Là-dessous ! grogna M. Clarke, passant la tête au-dessus du bureau.

Le père de Zack se releva lentement en boitant ; il avait une grosse blessure au genou. Zack le serra dans ses bras.

— Salut, Rice, grommela M. Clarke. Et celui-là, c'est qui ?

Ozzie, occupé à nettoyer son couteau de poche, releva la tête.

— Oswald Briggs, monsieur, dit-il. Enchanté.

Zoé se jeta sur le fauteuil tournant du directeur Lynch et mit ses pieds sur le bureau, les mains derrière son casque

— Salut, papa, dit-elle. Dis donc, ta jambe n'a pas l'air de bien aller.

— Zoé? interrogea Mme Clarke avec surprise. C'est toi?

— Bonjour, maman.

— Je ne m'étais pas rendu compte que tu étais là-dessous, enlève donc ce casque, dit-elle.

— Non, désolée, dit Zoé. C'est pour ton bien.

— Allons, ne sois pas ridicule, ôte-moi ça.

— Tu l'auras voulu, déclara Zoé, soulevant son casque de protection.

Mme Clarke hurla en découvrant le visage tout endolori de sa fille. Zoé se mit à pleurer.

— Mais non, mon cœur, tout ira bien... dit la mère à sa fille pour la consoler, la serrant dans ses bras et caressant ses cheveux filandreux. Ton père et moi connaissons un excellent chirurgien esthétique.

— Chérie, nous nous préoccuperons du visage de notre fille un peu plus tard, si tu veux bien.

M. Clarke orienta l'ordinateur sur le bureau du principal de telle sorte que tous puissent le voir. La page du serveur Internet était ouverte sur YouTube, précisément sur celle de Transformation d'un otage, mise sur pause. Le visage de Zack se faisait recouvrir de trois rouges à lèvres différents en même temps.

— Tu as probablement une bonne explication à nous fournir à ce sujet, jeune fille !

— C'est vrai, dit Mme Clarke, qui tenait Zoé par les épaules. Être convoqués par le directeur dans son bureau le soir de la réunion de parents d'élèves n'est pas pour faire de nous des parents particulièrement heureux.

Rice flanqua à Zack un coup de coude.

— Dis donc, pourquoi ta mère s'exprime-t-elle comme Yoda?

— Bon, et alors? s'enquit Zoé en se rongeant les ongles.

Son visage portait le masque de la personne blasée de naissance.

Les parents de Zack jetèrent un regard noir à leur aînée. Rice contemplait quelque chose d'intéressant au plafond, en sifflant d'un air détaché. Ozzie regardait par la fenêtre, scrutant la cour d'école à la recherche de quelque menace zombie. Zack attendait que justice soit faite.

— Il me semblerait judicieux que nous ayons une réunion de famille, suggéra Mme Clarke.

— Maintenant? s'exclamèrent Zack et Zoé en même temps.

— Monsieur Clarke, madame Clarke, écoutez… intervint finalement Ozzie. Vous avez l'air de parents hyper sympas et tout, mais j'imagine que vous savez que cet endroit est bourré de zombies qui ne demandent qu'à nous dévorer. Nous devrions réellement essayer de filer, tant que nous avons encore une chance.

— Hummm... fit Rice en montrant du doigt l'unique sortie. La voilà, notre dernière chance.

Tout le monde se tourna vers la porte du bureau.

M. Clarke lança un juron, qui fut couvert par le cri perçant de Mme Clarke.

Projetant une grosse ombre de zombie sur le sol, le directeur Lynch apparut sur le pas de la porte. L'homme imposant arborait le rictus du prédateur affamé venant de débusquer son prochain repas. Zombie Lynch hurlait et mugissait.

— Aaahhh!

Zoé venait de se pencher un peu trop en arrière sur la chaise tournante. Elle tomba derrière le bureau.

Le visage en sueur du zombie était humide et moite comme du jambon blanc. Une arborescence de veines bleues transparaissait sous la peau de son front.

Ozzie fit tournoyer son bâton de hockey et courut vers le patron des goules. Il bondit en déchargeant un méchant coup de pied latéral.

Le directeur zombie envoya Ozzie planer du simple revers de son bras gargantuesque. La tête d'Ozzie cogna contre le coin d'un secrétaire et il s'écroula, inanimé.

Je lui avais pourtant bien dit de mettre un casque, pensa Zack.

Zombie Lynch avança péniblement en boitant, un filet de bave grise pendant en tortillon de sa moustache à la gauloise.

— Prêt, Rice ? demanda Zack en regardant son copain.

Et tous les deux chargèrent.

D'un autre revers de bras, le monstre envoya un grand coup sur les garçons, qui les projeta droit dans le meuble de la secrétaire.

Le père de Zack se précipita en boitillant. Il tanguait comme un boxeur blessé. Le principal zombifié souhaitait apparemment s'en prendre à quelqu'un de sa taille, ou à tout ce qui pouvait se trouver à portée de main. Il plongea sur M. Clarke en l'enveloppant de ses bras encombrants. Les deux adultes roulèrent au sol.

L'énorme monstre s'affala de tout son poids sur M. Clarke, tombé à terre, sur le dos.

Et, au moment où le zombie Lynch fut sur le point de planter ses crocs répugnants dans l'épaule du père de Zack, un crissement assourdissant transperça les oreilles de chacun. Rice appuyait sur l'interrupteur du haut-parleur de son mégaphone, ce qui fit tourner brusquement la tête de la brute vers le bruit aigu.

Brandissant son bâton de hockey, Ozzie visa. Il fit deux pas rapides en avant et, faisant un swing tel un professionnel, fracassa la tempe molle du directeur zombifié. La crosse se brisa en deux. La colonne vertébrale du zombie se ramollit et son crâne pencha de côté. Une giclée de muqueuse cervicale pleine de pus s'écoula de l'oreille blanc sale du principal, dont la tête finit par basculer.

La goutte contaminée avait atterri directement sur la plaie que M. Clarke avait au genou.

— Oooh, ça brûle ! cria le père de Zack en se tenant la cuisse.

— Papa ! s'écria Zack.

— Beeurk… piailla Zoé à la vue de l'immonde giclée de cervelle qui dégoulinait sur la jambe de son père. Trop dégoûtant, affirma-t-elle en frissonnant légèrement.

— Faites quelque chose ! hurla Mme Clarke en se précipitant vers son mari.

Elle s'agenouilla près de lui et essuya l'entaille couverte de muqueuse infâme avec son foulard.

— Arrête, maman, tu ne fais que l'étaler davantage, lui dit Zack.

— C'est si grave que ça ? demanda-t-elle.

— Je ne sais pas. C'est si grave que ça ? interrogea-t-il en regardant Rice. Il n'a pas été mordu, hein ? Tu disais bien que la seule façon d'être transformé en zombie était d'être mordu par un zombie, c'est ça ?

M. Clarke gémissait de plus en plus.

— Ça me fait mal !

— Oui mais… dit Rice en s'éclaircissant la voix. C'était avant que nous ne découvrions le lien avec le BurgerDog.

— Tu es en train de dire que mon père va se transformer en zombie ? demanda Zack.

— Ne t'en fais pas, mec, ça va aller.

Ozzie posa une main rassurante sur l'épaule de Zack.

Zack ne répondit pas. Il se souvenait du colonel zombie et souhaitait vraiment que son père reste toujours son père.

En pointant la jambe de M. Clarke, Rice fit une drôle de tête. Des veines bleues toutes gonflées, qui se tortillaient hors de la blessure infectée, étaient probablement en train de transporter le virus en haut de la cuisse et dans le bas de la jambe.

Ozzie se faufila entre Zack et Rice.

— Comment ça va, M. Clark?

— J'ai l'air d'aller comment, d'après vous?

Ozzie sortit son couteau.

— Écoutez, monsieur, je sais que ça n'est pas la solution rêvée, mais il faut agir vite. Nous pouvons encore amputer la jambe à partir du milieu de la cuisse, avant que l'infection ne gagne tout le corps.

Un peu de lumière se réfléchissait sur la lame qui brillait dans la main d'Ozzie.

— Zack? s'enquit M. Clark, les yeux exorbités. Si tu empêches ce petit psychopathe de m'approcher, je promets de te donner ce que tu veux.

Ozzie s'accroupit et examina l'infection virale, en la grattant doucement de la pointe de son couteau.

— Il faut se débarrasser de cette jambe, et vite !

— Zack... continua M. Clarke en implorant son fils. *Tout* ce que tu veux.

— Je peux avoir la chambre de Zoé ?

— Bien sûr, acquiesça-t-il.

— Hé ! hurla Zoé.

— Ozzie, dit Zack en posant la main sur l'épaule de son copain. Je vais aller chercher quelques trucs dans le bureau de l'infirmière. Peux-tu attendre que je revienne pour couper la jambe de papa ?

— C'est ton père, après tout. Fais de lui ce que tu veux, répondit Ozzie en haussant les épaules.

— Je reviens tout de suite, déclara Zack en bondissant hors de la pièce.

— Tu sais, tu ne devrais pas dire ça... lui lança Rice.

CHAPITRE

Zack s'élança dans le couloir empli de gémissements et débarqua dans le bureau de l'infirmière. Il ouvrit d'un coup l'armoire à pharmacie et piqua quelques bandages avec des gazes et une bouteille de peroxyde. Refermant la porte du placard à miroir, il y surprit son propre reflet... en même temps que celui de quelqu'un d'autre, derrière lui.

Ou plutôt de quelque *chose*.

C'était mademoiselle Nancy, l'infirmière de l'école, qui extirpait des matières de ses cheveux et se rongeait les ongles. C'est quand son visage se tourna lentement vers Zack qu'il découvrit l'autre face du personnage.

Son œil était incrusté dans un morceau de peau coagulée et sa joue manquait, exposant les gencives et les muscles de sa mâchoire.

Zack se retourna vivement, prêt à combattre l'infirmière zombie. Mais elle continuait de murmurer des inepties, tout en raclant son cuir chevelu infesté pour y récupérer des bricoles à manger. Zack leva un sourcil avec circonspection, claqua la porte derrière lui et se mit à courir à toutes jambes dans le couloir, en emportant ses fournitures de premiers soins.

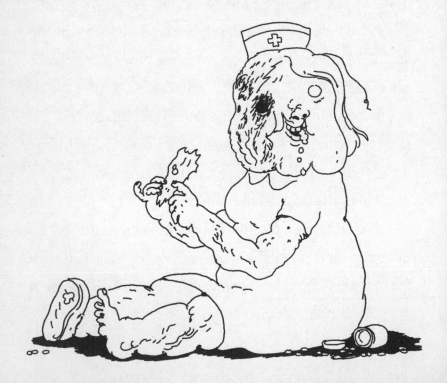

De retour dans le bureau du directeur, il ferma la porte doucement derrière lui et demanda :

— Comment va-t-il ?

— Pas bien, répondit Zoé.

Pour la première fois de la nuit, elle avait l'air terrorisée, elle aussi. Quand elle pencha la tête vers son père, ses yeux se remplirent de larmes.

— Papa ?

M. Clarke, d'une extrême pâleur, transpirait énormément. Mme Clarke lui soutenait la tête par derrière. Zack bondit à côté de son père et dévissa le couvercle de la bouteille de peroxyde. M. Clarke leva légèrement la tête en souriant à son fils. Zack lui rendit son sourire.

— Ça va aller, papa. Je te promets.

La tête de M. Clarke tomba sur le sol et tout son corps s'immobilisa.

L'estomac de Zack se noua.

Rice surgit et mit son bras autour du cou de Zack.

— Nous n'avons rien pu faire.

— Nous aurions pu le raccourcir, dit Ozzie maladroitement.

— La ferme, Ozzie !

Zack versa du peroxyde sur la plaie infectée, et le genou de son père se mit à grésiller en produisant de minuscules bulles blanches.

— Ça ne marchera pas, Zack, émit Zoé.

— Si, ça va marcher ! rétorqua Zack, étranglé par l'émotion tandis que ses yeux se remplissaient de larmes. Allez, papa, allez… allez…

De grosses larmes coulaient sur les joues de Zack. Il était tellement épuisé, que cela lui faisait mal. Tout ce qu'il voulait, c'était se réveiller pour constater que tout ceci n'avait été qu'un mauvais rêve. Et récupérer son père. Et la maison. Et sa stupide petite vie.

— *Grouaaaaaarghhhh !*

M. Clarke se remit soudain en position assise et saisit le mollet de Mme Clarke. Elle cria d'effroi pendant que son mari mort-vivant enfonçait ses dents dans sa chair, comme dans une cuisse de dinde grillée. La mère de Zack s'écroula en hurlant de douleur.

Zack et Zoé arrachèrent M. Clarke de leur mère et jetèrent leur père zombie au sol. Ozzie leva la batte en aluminium pour assommer le père de Zack, mais celui-ci attrapa Ozzie par l'avant-bras.

— Je le ferai moi-même.

Il prit la batte et ferma les yeux avant de cogner son père zombie sur le crâne.

Rice ôta son casque de crosse, le plaça sur la tête inconsciente de M. Clarke et lui enfourna une poignée de comprimés de ginkgo biloba.

— Comme ça, il ne se réveillera pas.

— Il nous faut Madison, murmura Zack.

— Qu'est-ce que Madison a à voir là-dedans ? demanda Mme Clarke, qui grimaçait, en entourant la morsure de zombie de ses mains.

— Zoé a été zombie, elle aussi, jusqu'à ce que Madison ne la fasse redevenir normale. Longue histoire, expliqua Zack.

— Formidable, allons la chercher, s'exclama Mme Clark pleine d'espoir. Où est-elle ?

— Washington D.C., répondit Ozzie.

— Washington ?

Soudainement la vitre intérieure du bureau se mit à trembler. Dehors, dans le couloir, le personnel enseignant zombifié tapait sur la fenêtre avec leurs têtes et leurs poings.

Et c'est reparti, pensa Zack. Il sauta sur la petite bibliothèque en chêne et tira la ficelle du store vénitien de la fenêtre donnant sur l'extérieur. Le parc de stationnement était juste de l'autre côté d'une étroite bande de pelouse.

Crac ! Bang !

Zack regarda derrière son épaule. La fenêtre du couloir était transformée en fresque hideuse de visages de professeurs zombies, à l'expression dérangée, qui s'écrasaient contre la vitre brinquebalante.

— Comment ouvre-t-on ces trucs-là? beugla Zack, furieux.

La fenêtre ne bougeait pas d'un pouce.

— Tu n'as qu'à la briser, mec! cria Ozzie.

Zack se balança dans la posture du batteur et tapa aussi fort qu'il put. Le carreau vola en éclats.

Derrière eux, la fenêtre intérieure ressemblait à la fine glace d'un étang prête à craquer. *CRAC!* Le poing

fermé d'un zombie traversa la vitre. Sa peau arrachée révélait de la chair et des os blancs.

— Allez, vite ! s'écria Zack.

Il fit tomber ce qui restait de vitre brisée et d'échardes en verre du cadre de la fenêtre et lança Twinkles, qui atterrit sans problème dans un buisson.

Zoé sauta ensuite, puis aida sa mère à passer en faisant délicatement glisser sa jambe meurtrie sur l'appui de la fenêtre.

Puis Zack, Rice et Ozzie soulevèrent M. Clark et le firent passer, casque en premier, à travers la fenêtre, l'éloignant ainsi des hurlements caverneux des parents et autres professeurs zombies. Les garçons sautèrent en dernier.

Une fois en sécurité à l'extérieur, Mme Clarke se courba en deux en haletant.

— Mets ça, maman, lui dit Zack en lui tendant le casque de footballeur. Je sais que c'est embêtant, mais c'est le seul moyen pour que tu ne nous mordes pas.

— Je ne vais pas vous mordre, mes chéris… répliqua Mme Clarke en se redressant.

Son visage commençait à muter et à se couvrir de cloques putréfiées.

— Je vais manger vos cerveaux !

Le cou de Mme Clarke tourna de façon grotesque et effectua une rotation complète. Zack fit un bond en arrière pour contenir sa mère cannibale, qui laissa échapper un grognement guttural. Il passa ensuite sa tête, visage à l'envers, sous le casque.

Zoé aida Zack à trimbaler leur mère zombie, qui ne cessa de râler jusqu'au parc de stationnement. Rice

et Ozzie suivaient, traînant M. Clarke sur le ciment cuit par le soleil. Quand ils passèrent avec lui sur un ralentisseur, ses clés tombèrent en cliquetant sur le trottoir. Rice se baissa pour les ramasser.

— Papa travaille dans une banque... dit Zack en cogitant.

Rice lui tendit les clés.

— Tu veux attaquer la banque? demanda Zoé sérieusement. Alors OK, en avaaaant!

— Non, dit Zack en considérant ses parents zombifiés. Je souhaiterais plutôt faire un dépôt.

— Sympa, rétorqua Zoé en lui piquant le trousseau de clés. Mais c'est moi qui conduis.

CHAPITRE 13

La rue principale dévastée et désolée était jonchée de sacs en plastique et de débris. Des voitures inutilisables s'alignaient le long de l'avenue inhabitée, et la plupart des magasins et restaurants avaient été démolis par l'attaque zombie. Des traces collantes de bave de zombie cuisaient sur le bitume. La route, parsemée d'ordures, sentait la poubelle chaude. Bizarrement, certains établissements demeuraient intacts, un peu comme des bâtiments isolés qui auraient résisté au passage d'une tornade.

Zoé freina brusquement, et ils s'immobilisèrent juste devant l'agence locale de la banque de leur père, la Caisse d'épargne et de crédit de Phœnix.

— Que tous ceux qui sont pour que Zoé ne conduise plus jamais lèvent la main, s'écria Ozzie, la sienne toujours solidement amarrée à la poignée du passager après leur folle virée tumultueuse à travers les faubourgs arizoniens.

— Regardez! dit Zoé en désignant quelque chose à travers le pare-brise.

Juste devant eux, une majestueuse girafe tachetée mâchouillait les feuilles d'un arbre.

Elle a dû s'échapper du zoo, pensa Zack.

L'animal de 5 m 50 pencha son grand cou vers la voiture en se léchant les babines. La girafe les dévisagea l'espace d'une seconde, puis s'en retourna vaquer à ses occupations, balançant tranquillement sa queue noire.

Ils bondirent tous les quatre hors de la camionnette de M. Clark, soulevèrent la porte du coffre et tirèrent M. et Mme Clarke sur le trottoir jusqu'à la banque. Zack glissa la carte bancaire de son père à travers la

fente de contrôle, et la
porte vitrée s'ouvrit.

Une fois à l'intérieur
du vestibule sécurisé des
guichets automatiques, Zack
essaya d'ouvrir les autres portes,
mais elles étaient toutes bloquées.
Passant en revue chacune des clés de son
père, il finit par trouver la bonne, ce qui leur
permit de traîner les parents zombifiés dans
le hall d'entrée.

Derrière les comptoirs des agents se
trouvait une gigantesque porte en métal,
dotée d'une énorme roue et d'un écran à clavier tactile. Zack se saisit de la clé qu'il avait
déjà vu son père utiliser et l'introduisit dans
la serrure. Sur l'écran du clavier, on pouvait
lire : ENTRER LE MOT DE PASSE.

Zack passa la tête sous le comptoir du caissier, pour chercher le numéro qui devait se trouver collé quelque part sous le bureau.

— Papa a toujours eu une très mauvaise mémoire, expliqua-t-il.

— Tu devrais peut-être lui donner du ginkgo, suggéra Rice en filant un coup de coude à Ozzie.

Zack tapa le code numérique sur le clavier tactile et le verrou se débloqua. Il tourna ensuite la grosse roue dans le sens des aiguilles d'une montre, et la lourde porte en fer s'ouvrit. Les murs étaient tapissés de rayonnages couverts de billets de banque tout neufs, emballés dans du plastique transparent.

— Bon Dieu, lança Rice. Nous sommes riches!

— Non, pas du tout, déclara Zack, qui attrapa son père sous les bras afin de tirer le corps amorphe à l'intérieur du grand coffre-fort.

Zoé suivait, traînant sa mère à la mâchoire entravée. Mme Clarke claquait des dents et grognait fort sous son casque de protection de foot.

— Zack... demanda Zoé en contemplant ses parents. Est-ce qu'ils vont s'en sortir?

— Je l'espère, Zoé. Je l'espère vraiment.

— Au moins, nous pouvons être certains que Madison ne nous laissera pas tomber. Je suis sa meilleure amie.

Zack se retourna vers sa mère zombie.

— Nous a-llons, re-ve-nir te cher-cher… articula-t-il lentement, en détachant chaque syllabe de peur qu'elle ne le comprenne pas.

— Elle t'entend, vieux. Tiens, peut-être que ça pourra aider un peu, lui dit Rice.

Il sortit de son sac à dos un flacon de ginkgo biloba à moitié vide, versa quelques pilules dans la bouche de Mme Clark et attendit qu'elle les avale, en disant doucement :

— Bonne nuit, madame Clarke.

— Bon, c'est quand vous voulez, les amis, lança Ozzie.

— J'ai presque fini, déclara Zoé en arrachant le sac à main de sa mère.

Elle traversa le hall de la banque en courant et s'assit derrière le bureau de M. Clarke.

— Qu'est-ce que tu veux faire avec ça ? lui demanda Rice.

— Ça, c'est à moi de voir et à toi de découvrir, répondit Zoé en sortant du sac une trousse de maquillage.

Les garçons la virent ouvrir le poudrier et se regarder, anxieuse, dans le petit miroir. Elle se retourna et entreprit son urgente transformation de postzombie.

— Faut-il vraiment que tu fasses ça maintenant ? demanda Zack à sa sœur.

— Mouais.

Rice et Ozzie s'éclipsèrent de la salle des coffres, tandis que Zack lançait un dernier regard en direction de ses parents. Mme Clarke grogna en sifflant à travers les dents.

— Ne t'en fais pas, nous reviendrons, promit-il avant de refermer à clé la porte du coffre-fort.

Sous le choc, Zack s'immobilisa, dos appuyé à la porte. Il était à court de solutions.

Zoé fit un quart de tour sur sa chaise de bureau.

— Voilà !

Son visage était maquillé comme celui d'une gamine de sept ans se préparant pour un concours de beauté. Elle avait l'air d'une finaliste à la Compétition internationale de la sœur la plus vulgaire.

— Pas mal, Zoé... hésita Rice. Mais ton visage te fait-il toujours mal ?

— Pas vraiment, répondit-elle en ajoutant une nouvelle couche de poudre beige sur ses pommettes.

— Arrête, nous n'en pouvons plus ! lâcha Ozzie.

Rice et lui se tordaient de rire en tapant leurs poings.

— Vous allez arrêter de faire les imbéciles ? dit Zack. Vous n'avez pas l'air de comprendre que, sans Madison, nos parents sont foutus, que nous sommes tous foutus !

— C'est vrai, dit Rice en baissant les épaules. Nous ne savons rien de l'exponentielle durée de vie du zombie, ni de la longévité de l'antidote, et encore moins des facteurs combinés de l'immunisation croisée…

— Il faut retrouver Madison, pensèrent Ozzie et Zack tout haut.

— Si seulement nous avions un avion, dit Ozzie. Nous pourrions arriver à Washington à temps.

Rice ouvrit grand la bouche.

— Tu sais piloter ?

— Bien sûr, répondit Ozzie

Zack leva les yeux au ciel. *Bien sûr qu'il sait.*

CHAPITRE

Peu de temps après, la camionnette de M. Clarke ralentit jusqu'à s'arrêter devant la clôture en fil de fer barbelé entourant la piste de l'aéroport international de Phœnix. Zoé, Rice, Ozzie et Zack bondirent hors du véhicule, et Zack étira ses jambes dans la chaleur du matin.

Cela faisait du bien.

— Tu saurais vraiment comment piloter un de ces engins? demanda Zack à Ozzie en regardant les gros jets commerciaux alignés de l'autre côté de la barrière.

— Relaxe, Zack.

Ozzie plaça un pied dans
une des mailles métalliques,
prit appui et se souleva à
l'aide de ses deux mains.

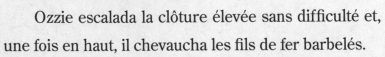

— J'ai eu mon permis
à l'âge de 10 ans à peu près.

Ozzie escalada la clôture élevée sans difficulté et,
une fois en haut, il chevaucha les fils de fer barbelés.

Rice poussa Zack du coude en murmurant :

— Moi, je ne sais pas faire ça. Et toi ?

— Ça m'étonnerait, mec, répliqua Zack en observant les fils de fer en spirale au sommet de la clôture.

Ozzie sauta de l'autre côté du grillage et cria :

— Bon, maintenant, Zoé, tu
m'envoies Twinkles. Mais attention, lance-le assez haut, parce
que…

— Pas de soucis, souris.

Zoé tourna le dos à la clôture de
sécurité et s'arqua en arrière de façon à
voir à l'envers au travers du grillage.

— Prêt ?

Elle écarta les jambes et attrapa le petit chien, qu'elle fit passer entre ses genoux. Twinkles rabattit ses oreilles, les yeux écarquillés de peur.

— Zoé, n'y pense même pas, dit Zack.

Pour toute réponse, sa sœur lui fit son sinistre sourire.

— Non, Zoé! ordonna Zack.

Elle lança le petit cabot dans le ciel.

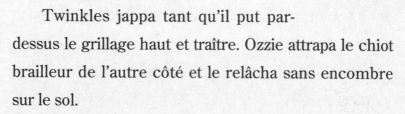

— Ouah, ouah, ouah!

Twinkles jappa tant qu'il put par-dessus le grillage haut et traître. Ozzie attrapa le chiot brailleur de l'autre côté et le relâcha sans encombre sur le sol.

— Les femmes d'abord, dit Zoé en passant devant les garçons.

Elle grimpa sur le grillage et s'arrêta au sommet, toisant Rice et Zack.

— Alors, les deux crétins, vous venez ou quoi? s'enquit Zoé en descendant de l'autre côté. Ou bien faut-il dire crétinés, comme dans cactée pour cactus ? ajouta-t-elle en mettant un pied au sol. Bon, enfin, vous voyez ce que je veux dire, pas vrai, crétinés ?

— Comment a-t-elle fait ? demanda Rice. C'est une fichue acrobate.

Zack essaya de grimper aussi, mais cela ne se passa pas très bien. Il tomba. La situation se compliqua encore plus lorsque Rice essaya à son tour, pour finir par s'affaler tristement.

— Désolé, les amis, dit Ozzie en haussant les épaules. J'ai bien peur que vous deux, vous deviez passer par l'aéroport. Nous allons chercher un avion et nous vous retrouverons aux portes d'embarquement, au bout du terminal.

— Vous allez nous laisser ici ? demanda Rice, inquiet.

— Nous ne pouvons pas prendre le risque de nous faire mordre, juste à cause de vous deux qui n'êtes pas en forme, expliqua Zoé.

— En plus, il n'y a que moi qui sache piloter, ajouta Ozzie.

— Il a raison, Zack, dit Rice.

— Ne vous en faites pas, nous y serons, lança Zack à Ozzie et Zoé.

— Nous nous retrouverons plus tard, cervelles de rats, déclara Zoé en gambadant derrière Ozzie.

Twinkles aboya et afficha une triste tête de chiot au travers du grillage.

— Vas-y! cria Zack au petit chien en le repoussant de la main. Tu ne peux pas venir avec nous. Tonton Ozzie va s'occuper de toi... Allez!

Twinkles partit, puis s'arrêta à nouveau et se retourna.

— File! ordonna Zack.

Et le petit animal, tout penaud, se mit à courir derrière Zoé et Ozzie.

— Allez, Rice, dépêchons-nous, dit Zack.

Ils s'élancèrent vers l'entrée de l'aérogare.

Zack et Rice s'arrêtèrent à mi-chemin des portes d'entrée, armes à la main, c'est-à-dire celles qu'ils avaient trouvées dans le local de matériel de l'école. Le vaste hall de l'aéroport grouillait de morts-vivants. Des douzaines d'agents du personnel aérien ainsi que des grands voyageurs couraient sans but autour des comptoirs d'embarquement couverts de tripes. Des morceaux de corps non réclamés décoraient le sol.

— Mec, nous avons sérieusement besoin d'Ozzie, dit Rice.

— Vas-tu arrêter une seconde de nous casser les pieds avec ta romance fraternelle ? lui répondit Zack.

— Qu'est-ce que tu cherches à insinuer ?

— Il a raison, Zack… Il a raison, Zack… railla ce dernier d'une voix lancinante. Tu es toujours d'accord avec tout ce qu'il dit.

— C'est quoi, ton problème, vieux ? se défendit Rice. Il a très souvent raison, c'est tout.

À cet instant, un touriste zombie les aperçut et se mit à beugler.

Les autres zombies se retournèrent.

— Peu importe, soupira Zack en empoignant sa batte. Cours, c'est tout !

Ils débouchèrent au milieu d'une foule de monstres geignards et se faufilèrent dans la file de sécurité zigzagante jusqu'au comptoir de contrôle. Les zombies agitaient les bras en tous sens, mais les garçons les frappèrent comme des pignatas.

— En bas ! cria Zack en désignant le niveau inférieur du terminal, pendant qu'un groupe de voyageurs zombies s'efforçaient de remonter l'escalier roulant descendant, en soufflant et bavant.

Un groupe encore plus important de zombies leur fit face à la hauteur des boutiques hors taxes, leur coupant toute retraite. Zack et Rice foncèrent à travers le dédale de cordons de sécurité pour atteindre la porte.

Les zombies convergèrent vers l'intérieur en renversant tous les poteaux des barrières.

Zack et Rice étaient pris au piège, au beau milieu d'une sorte de jeu de ficelle, les jambes prisonnières des cordons de vinyle noir.

— Garde tes genoux bien haut, indiqua Zack en essayant de dégager son propre corps du traquenard.

Tout en s'éloignant de la frénésie zombie, ils coururent en enjambant les cordons jusqu'à atteindre la zone des détecteurs de métaux.

— On s'arrête ici, les enfants!

Sorti de nulle part, un vieil officier de sécurité de l'aéroport leur dit :

— Cartes d'embarquement et d'identité, s'il vous plaît.

— Vous n'êtes pas un zombie... déclara Zack, étonné.

Tout autour d'eux, les morts-vivants titubaient et couraient en se déhanchant, mais ce vieil homme, humain mais totalement inconscient, ne se préoccupait pas du tohu-bohu qui se dirigeait vers eux.

— Un quoi ? Qu'est-ce que vous dites ?

Le vieil homme plissa des yeux.

— Cartes d'embarquement et d'identité ! répéta-t-il de façon plus autoritaire.

— Voilà.

Zack sortit son portefeuille fermé par du velcro et montra à l'agent sa carte de bibliothèque. L'homme sembla satisfait.

— Ôtez vos chaussures et tout ce que vous portez de métallique.

— Vous ne voyez pas tous ces fous de zombies derrière nous ? lui demanda Zack.

— Quoi ?

Le vieux fêlé mit sa main autour de son oreille.

— Laissez-nous passer ! hurla Rice en apercevant la foule de dingos avancer dans le désordre derrière eux.

— Je ne doute pas que vous soyez pressés, mais c'est le cas de tous ces braves gens derrière vous, indiqua-t-il en désignant les zombies.

Tendant aux garçons un petit panier en plastique, il ajouta :

— Ne bloquez pas la file, allez.

— Mais ce ne sont pas des gens ! lui dit Zack.

— Mon garçon, ce n'est pas une plaisanterie. Il est ici question de sécurité nationale.

Zack déposa ses baskets, sa batte de base-ball et son couteau suisse dans la corbeille en plastique, l'envoya sur le tapis roulant du scanneur et passa au travers du détecteur de métal.

— Lève les bras, ordonna le vieux bonhomme.

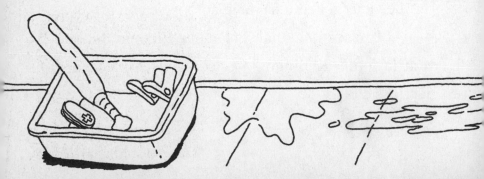

Zack leva les bras en croix en maugréant et l'officier de sécurité passa l'appareil de détection de haut en bas sur sa cage thoracique.

— *Scriiiiaaaaaarch… grrrrrrah!*

Les zombies approchaient, s'agrippant et grognant, se rapprochant un peu plus à chaque gémissement.

Rice ôta ses chaussures et déposa son sac à dos sur le tapis roulant. Son sac de survie antizombie, qui apparaissait en noir et blanc dans le moniteur infrarouge, se voyait en négatif. On apercevait les doigts de zombie coupés palpiter dans le sac en plastique qui contenait également le BurgerDog empoisonné. Six paquets de croustilles de format collation étaient écrasés au fond sous les flacons de comprimés de ginkgo biloba. Des devoirs à faire à la maison, tout fripés, étaient compressés entre un assortiment de laine de verre, de

piles, de flacon de savon désinfectant pour les mains, de jumelles, d'une trousse de premiers soins et d'une boîte de Twinkies.

— Mmm hummmmmm… fit le vieux bonhomme en lorgnant l'écran, pendant que les zombies écrabouillaient les lignes emmêlées situées derrière eux. S'il te plaît, fiston, passe par la porte de détection maintenant.

Rice fit un pas de géant pour franchir le système magnétique et se tint tranquille. *Biiiip!*

L'agent lui fit signe de reculer d'un pas pour repasser par le détecteur.

— Vide tes poches et passe à nouveau.

Prêts à dévorer Rice, les zombies n'étaient plus qu'à quelques centimètres.

— Monsieur, laissez-le passer, supplia Zack. Ils vont lui arracher les bras!

— Ce n'est pas moi qui fais les lois, jeune homme. Repasse, s'il te plaît.

Les zombies expiraient maintenant, dans le cou de Rice, des bouffées de vapeur chaude à vomir alors qu'il sortait nerveusement de ses poches quelques pièces de monnaie et des vieilles pommes de terre frites ramollies de la veille. Derrière lui, un bras gris pâle sortait de sa jointure pour essayer d'attraper le col de sa chemise. Les doigts morts-vivants étaient coupés, et aussi fripés que s'ils avaient passé trop de temps sous la douche.

En un éclair, Rice se pencha et cogna le tibia du vieil agent de sécurité avec son bâton de hockey, juste au moment où un autre bras de zombie essayait de l'atteindre et frappait dans le vide au-dessus de sa tête. Rice plongea sur le tapis roulant pour s'engouffrer dans la machine à rayons X, tandis que le vieux type hurlait en sautant sur une seule jambe et en brandissant le poing.

— Zack! cria Rice à l'intérieur de la machine.

Zack voyait le crâne de Rice en négatif dans l'écran.

— Rice!

— Zack, je suis coincé! hurla frénétiquement le squelette de Rice dans la machine.

Zack se glissa entre les épais rideaux en caoutchouc noir pour attraper Rice par les poignets. Au même moment, à l'autre extrémité du scanneur, l'un des zombies attrapait Rice par le pied.

— Il m'a eu! hurla Rice.

— Attends! s'écria Zack.

Il plaqua les semelles de ses chaussures contre le cadre en fer de la machine et compta jusqu'à trois en tenant bon, comme dans une lutte à la corde, et tira d'un coup sec. Rice surgit en volant à travers les rideaux et s'affala derrière lui en une sorte de tas chiffonné. Zack glissa en essayant de se dégager et tomba lourdement sur le sol lisse.

Le zombie se tortillait dans le scanneur en hurlant comme un démon.

Zack aperçut sa batte en aluminium et se remit debout pour taper un grand coup sur le zombie criard, puis il se rua vers son copain.

— Rice? Mec?

Zack se baissa pour secouer le corps de Rice.

La tête du garçon avait basculé d'un côté et sa langue pendait hors de sa bouche ouverte. Zack posa son oreille sur la poitrine de son ami pour écouter battre son cœur.

— Rice, ce n'est pas drôle !

Mais Rice ne bougeait pas. Il était complètement flasque, gisant juste là, alors que les zombies enrageaient derrière le plexiglas de la cloison de sécurité.

— Rice !

CHAPITRE 15

Des corbeilles en plastique gris volaient alors que les mutants primitifs s'agglutinaient en embouteillant le détecteur de métaux. Ils traînaient les courroies de vinyle noir emmêlées dans les lourds poteaux de métal, comme une chaîne de forçats zombies.

— Rice !

Zack secouait son meilleur ami aussi fort qu'il pouvait. Soudain, les yeux de Rice s'ouvrirent.

— Je t'ai bien eu ! s'exclama-t-il en souriant, avant de se relever, de s'épousseter et de remettre son sac sur son épaule.

— Mec! Il faut vraiment que tu arrêtes ce genre de trucs! cria Zack alors qu'ils s'élançaient vers les portes d'embarquement.

Un peu plus loin dans le vaste et interminable couloir, une voiturette de golf abandonnée était garée devant un BurgerDog Express. Les garçons sautèrent dedans, et Zack s'assit au volant.

— Merci de m'avoir sauvé là-bas, mec, déclara Rice.

— Désolé, que ça ait été moi et pas Ozzie, répliqua Zack sarcastiquement.

— Mais c'est quoi, ton problème, à la fin? demanda Rice.

Zack soupira.

— Tu sais, c'est juste que, genre, tu es mon meilleur ami et tout, et d'un coup, Ozzie se pointe et toi, c'est comme si…

Zack ne parvenait pas à dévoiler à Rice sa terreur de passer en position numéro deux sur la liste de ses meilleurs amis.

Tout à coup, une grosse meute de goules aux yeux exorbités s'éjecta d'une librairie en envoyant par terre les tourniquets de cartes postales et de succès de librairie, qui s'écrasèrent sur le linoléum couvert d'éclaboussures de bave.

— Dis donc, Zack, nous pourrions peut-être reparler de cela plus tard, non? interrompit Rice en montrant du doigt les monstres titubants aux yeux verts.

Zack appuya sur la pédale pour avancer, et le chariot fila sous la bannière d'inauguration du BurgerDog qui pendait au travers du plafond. Ils filèrent en traversant le terminal en direction des portes d'embarquement les plus lointaines, échappant ainsi à l'essaim de zombies.

Quelques minutes plus tard, ils bondirent hors de la voiturette et se mirent à observer la piste à travers les gigantesques vitres du terminal.

— Ils sont où? demanda Rice.

— Je ne sais pas, mais il vaudrait mieux qu'ils se grouillent, répondit Zack en regardant le couloir par lequel ils venaient d'arriver.

Les zombies marchaient le long du corridor métallique et brillant tout en resserrant et bandant les muscles de leurs mâchoires. Leurs cous veineux se dilataient sous la poussée des vaisseaux sanguins et des tendons, pendant que leurs gorges, gonflées de mucus, s'étiraient et se contractaient à chaque régurgitation de flegme. Ils agitaient les bras comme s'ils étaient dans un défilé de somnambules, et de loin, on avait l'impression que tout ce qu'ils voulaient vraiment, c'était des câlins.

Et tout à coup, à travers la vitre, Zack aperçut dans les airs le jet d'air chaud d'un moteur, annonçant l'arrivée d'un jet commercial qui apparut à l'horizon. Ozzie les saluait de l'habitacle. Zoé et Twinkles étaient assis à la place du copilote. Elle fit un bonjour aux garçons avec la patte du petit chien.

— Vite !

Rice courut et ouvrit la porte du tunnel d'embarquement.

Zack se précipita dans l'ouverture qui se présentait, en regardant par-dessus son épaule pour distinguer l'énorme masse de démons mugissants qui les poursuivait.

— Attends ! hurla Rice.

Mais trop tard.

Il n'y avait pas de sas d'embarquement, et Zack était déjà en train de marcher dans les airs comme Vil Coyote après avoir sauté de la falaise. Il plana un instant et, tombant entre le terminal et l'avion, se rattrapa à l'encadrement de la porte, finissant suspendu d'une main à peine accrochée par quelques doigts au rebord. Un curieux groupe d'horribles zombies contrôleurs aériens s'étaient rassemblés au-dessous, l'examinant, langue pendante. Zack pendouillait au-dessus de son sort : une chute de cinq mètres, dans la foule haletante des mutants dévoreurs de cerveaux.

— Zack, donne-moi l'autre main !

— Je ne peux pas ! hurla Zack, à peine accroché.

Le regard de Rice brillait d'une confiance absolue.

— Si, tu peux ! cria-t-il.

Zack leva sa main libre, et Rice put agripper le poignet de son copain pour l'arracher à une mort certaine. Zack se hissa sur la zone d'embarquement et, comme Rice l'aidait à se remettre sur ses pieds, il lui dit :

— Merci vieux, désolé pour… tu sais.

— Tout baigne.

Zack et Rice s'attrapèrent les pouces comme s'ils étaient sur le point de s'engager dans un bras de fer, puis tombèrent dans les bras l'un de l'autre, en se tapotant fermement le dos.

Le moment d'attendrissement fut vite interrompu par la horde de sinistres brutes qui se rapprochaient dangereusement, en mugissant et en faisant grincer ce qui leur restait de dents.

Clac! Clac!

— Graouuuuwl!

Les employés de l'aéroport se dandinaient en traversant la salle d'attente.

— Par ici! indiqua Rice, désignant un escalier au-delà de la porte d'embarquement.

Les deux amis détalèrent loin des zombies et descendirent jusqu'à un écriteau à flèches qui indiquait :

➨ TRANSPORT TERRESTRE / ➨ RÉCLAMATION DES BAGAGES.

Courant maladroitement après Zack et Rice, les zombies roulaient sens dessus dessous sur la volée de marches. Les garçons s'élancèrent dans les salles du niveau inférieur pendant que les monstres s'empilaient derrière eux en une hideuse masse d'os brisés et de chair en décomposition.

Droit devant, le carrousel des bagages tournait à l'infini, emportant gracieusement sur son manège une valise non réclamée.

Zack et Rice se jetèrent dessus, s'accroupissant pour passer sous le rideau noir jusqu'à la zone interdite. Là, ils sautèrent du carrousel pour se retrouver sur le bitume, dans le clair soleil du matin. Ils aperçurent loin

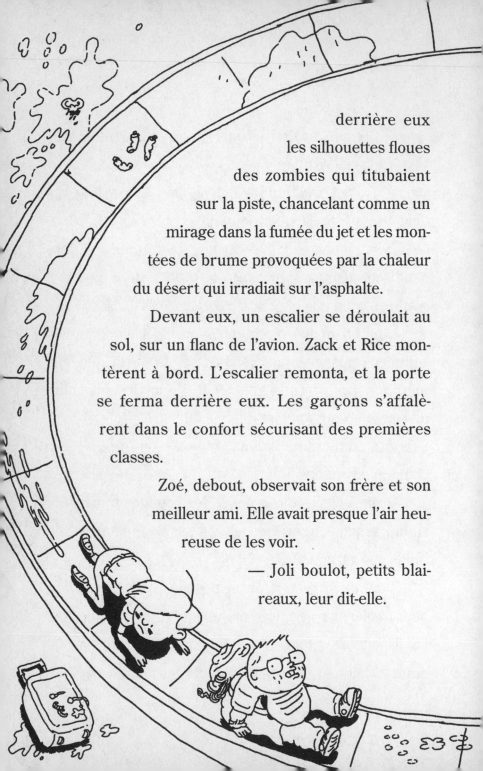

derrière eux les silhouettes floues des zombies qui titubaient sur la piste, chancelant comme un mirage dans la fumée du jet et les montées de brume provoquées par la chaleur du désert qui irradiait sur l'asphalte.

Devant eux, un escalier se déroulait au sol, sur un flanc de l'avion. Zack et Rice montèrent à bord. L'escalier remonta, et la porte se ferma derrière eux. Les garçons s'affalèrent dans le confort sécurisant des premières classes.

Zoé, debout, observait son frère et son meilleur ami. Elle avait presque l'air heureuse de les voir.

— Joli boulot, petits blaireaux, leur dit-elle.

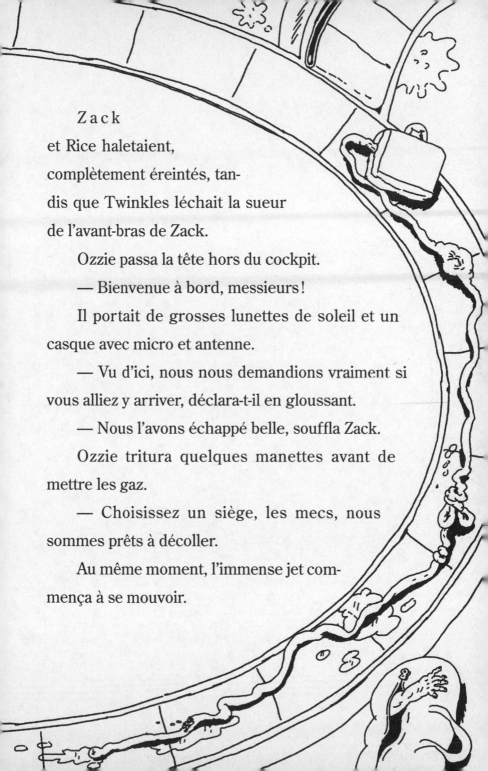

Zack et Rice haletaient, complètement éreintés, tandis que Twinkles léchait la sueur de l'avant-bras de Zack.

Ozzie passa la tête hors du cockpit.

— Bienvenue à bord, messieurs!

Il portait de grosses lunettes de soleil et un casque avec micro et antenne.

— Vu d'ici, nous nous demandions vraiment si vous alliez y arriver, déclara-t-il en gloussant.

— Nous l'avons échappé belle, souffla Zack.

Ozzie tritura quelques manettes avant de mettre les gaz.

— Choisissez un siège, les mecs, nous sommes prêts à décoller.

Au même moment, l'immense jet commença à se mouvoir.

CHAPITRE

Les oreilles de Zack se bouchèrent brusquement pendant qu'ils gagnaient de l'altitude, en montant au travers des couches de nuages blancs vaporeux, pour atteindre une couche de ciel bleu plus claire encore.

Ding!

— Vous pouvez maintenant vous déplacer dans la cabine.

La voix du capitaine sortait par les haut-parleurs, au-dessus de leurs têtes.

Mais Zack n'avait aucune envie de bouger. Il était éveillé depuis si longtemps que son corps, trop las, ne rêvait plus que d'une bonne sieste dans les sièges qui sentaient bon le cuir neuf. Twinkles déposa sa tête sur les genoux de Zack et soupira.

— Hé, les amis… lança Rice depuis la petite cuisine située à l'avant de l'avion. Ils ont des Muncharoos, genre Cheetos, sauf qu'il y a un kangourou sur le paquet. Ça vient d'Australie, les mecs! dit-il en imitant l'accent australien.

— Quoi d'autre? demanda Zoé.

— Ils ont aussi des bretzels nappés de chocolat et… c'est à peu près tout.

— Les bretzels au chocolat, ça me va, dit Zoé en débloquant sa tablette.

— Un paquet de Muncharoos, bâilla Zack, à moitié endormi.

— Et le mot magique, c'est?

— S'il te plaît, ajouta Zack.

Rice ne bougea pas, attendant la réponse de Zoé.

— Maintenant! insista-t-elle.

Rice saisit les paquets de hors-d'œuvre, remonta l'allée et les distribua sur leurs tablettes avant de retourner au coin-cuisine.

— Je dois avouer, mon cher frère, que je le préfère de beaucoup en serviteur, dit Zoé en éclatant de rire.

Un énorme *HUUUURGLE SPLARRRK KONG* jaillit du placard.

Rice hurla de terreur et Zack bondit sur son siège. Une hôtesse zombie démente, qui avait attrapé Rice par le cou, tentait de l'étrangler.

À son tour, Rice saisit l'hôtesse de l'air à la gorge et, quasi en s'étouffant, ils se mirent tous deux à tourner sur place comme s'ils faisaient une lente valse zombie.

— C'est quoi, ce bazar? s'enquit Zack en dévalant l'allée centrale.

— Au secours!

Rice toussait et crachait, prisonnier de cette strangulation à quatre mains.

L'hôtesse zombie, qui avançait sa gueule vers lui en grognant, crachait alors que de l'écume se formait au fur et à mesure au coin de ses lèvres, comme un chien enragé.

Les yeux de Rice, injectés de sang, étaient parcheminés de veines rouges. Zack sauta sur le duo et attrapa la zombie par les cheveux, en la tirant en arrière de toutes ses forces. L'hôtesse de l'air lâcha la jugulaire de Rice et flanqua son coude dans le nez de Zack, qui s'affala sous le coup. Rice, libéré, s'effondra sur Zack.

La cinglée à bord toisait les deux garçons.

— Aaaahh! hurlèrent Zack et Rice en s'accrochant l'un à l'autre, comme un couple terrifié devant un film d'horreur.

Tout à coup, Zoé, qui avait quitté son siège pour courir entre les allées, balança de sa main droite un méchant coup de poing. *VLAN!* Elle finit avec un uppercut de la gauche. *PAF!* La zombie s'écroula au sol. Zoé se massa les articulations en secouant la main.

Rice, lui, se frottait la gorge en déglutissant péniblement.

— Méci, grinça-t-il.

— Sans façon, Riçounet.

Zoé gonfla son biceps pour y déposer un baiser.

— S'il vous plaît, aidez-moi à me débarrasser de cette chose, cria Zack, qui avait attrapé la zombie par les chevilles.

Zack et Zoé traînèrent l'hôtesse de l'air inconsciente à l'arrière de l'avion et la jetèrent dans les toilettes de classe économique.

De retour en première classe, ils voyagèrent en silence. Zack sirotait un soda, les yeux brûlants de sommeil. Il posa sa tête sur l'oreiller et laissa son esprit vagabonder. Il essayait de se laisser bercer par le ronron de l'avion, mais chaque fois qu'il fermait les yeux, il voyait s'imprimer au fond de ses paupières des têtes de zombies qui défilaient en flottant comme dans un diaporama. Il ne pouvait s'empêcher de penser à ses parents enfermés dans le coffre-fort de la banque. Zombifiés.

Zack tira le volet de son hublot pour atténuer la lumière extérieure. Rice apporta une petite couverture polaire rouge qu'il jeta sur son copain, et enfin, Zack sombra dans un sommeil sans rêves.

Quelques heures plus tard, il se réveilla en sursaut. Il ouvrit le petit store pour regarder dehors. La lumière vive du matin avait fait place à une pénombre de fin d'après-midi, d'autant plus sombre qu'ils étaient en train de pénétrer un nuage noir. À l'intérieur de l'avion, les lumières s'éteignirent.

Zack regarda vers sa droite. Rice ronflait, profondément endormi. Zoé était penchée sur lui, prête à lui écrire quelque chose sur le front avec un gros marqueur.

Tout à coup, la cabine se mit à trembler et à cliqueter bizarrement, comme s'il se produisait un tremblement de terre dans le ciel.

— Ozzie! cria Zoé vers l'habitacle. Qu'est-ce que tu fabriques?

L'immense jet commença une descente en vrille et Rice se réveilla d'un coup.

— Nous tombons! cria-t-il par-dessus les grincements de l'avion trépidant.

Le signal ATTACHEZ VOS CEINTURES s'alluma. Des masques jaunes à oxygène tombèrent des casiers situés au-dessus de leurs têtes. Le chariot de restauration jaillit de son placard et dévala l'allée.

Twinkles, les oreilles rabattues, s'accrochait aux genoux de Zack. Zack, Zoé et Rice, eux, se tenaient droits sur leurs sièges.

Zoé se retourna vers les garçons en disant:

— Avant que nous ne mourions tous, j... je... je voudrais juste vous demander pardon, pour avoir été aussi méchante avec vous deux en permanence. Je t'aime, frangin! Voilà, je l'ai dit.

— Je t'aime aussi, mec! cria Rice à Zack.

— Je vous aime tous les deux, les amis !

Zack ferma les yeux et pria pour que l'avion ne s'écrase pas.

Plus personne ne dit un mot pendant que l'avion descendait en piqué à travers l'orage.

CRAC ! BOUM !

— Bon, maintenant les gars, c'est vous qui vous excusez auprès de moi, exigea Zoé.

— Pourquoi donc ? hurla Zack par-dessus le vacarme.

— Pour être de petits intellos coincés, cherchant toujours à provoquer ma méchanceté, expliqua-t-elle.

Le claquement sourd d'un violent coup de tonnerre se fit entendre, suivi d'éclairs, qui balayaient les vitres.

— OK, OK, dit Rice, terrifié. Navré que ton visage ait été tellement amoché.

Insatisfaite, Zoé fronça les sourcils.

— Ça doit concerner un sale truc que vous avez fait, abruti.

L'avion se redressa soudainement, les bousculant tous.

— Bien ! cria Zack. Quand tu as surgi dans ma chambre pour essayer de me dévorer, ça m'a fait vraiment du bien de te taper sur la tête.

— Ha, ça, c'est vilain ! s'exclama Zoé.

Et se tournant vers Rice :

— Bon et toi ? Qu'as-tu à me dire ?

L'avion reprit soudain de l'altitude.

— Alors ? demanda Zoé en croisant les bras tout en dévisageant Rice.

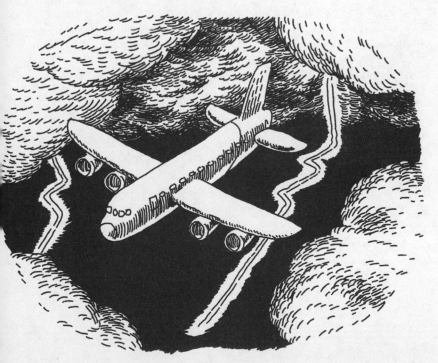

L'éclairage revint et la cabine se pressurisa à nouveau. Rice ne dit rien et se contenta de tirer la langue.

La voix d'Ozzie sortit des haut-parleurs :

— Désolé, les enfants, ça n'était qu'une petite turbulence. Il y a un orage en formation et ça va pas mal secouer à l'atterrissage.

CHAPITRE

L'avion survolait la voie rapide recouverte de zombies. Zack avait une vue d'ensemble de la situation à travers le hublot. Au sol, les masses qui trottinaient ressemblaient à des groupes de fourmis. On ne voyait pas de phares. Aucune voiture ne roulait. Seuls des éclairs de foudre illuminaient brièvement la route fourmillant de petits monstres.

La ville de la côte Est grouillait de morts-vivants.

Le nez de l'immense jet pencha un peu pour franchir les vents violents de l'orage qui sévissait sur Washington.

Enfin, les roues de l'avion touchèrent la voie rapide détrempée du George Washington Memorial Parkway. Le jet releva le nez en atterrissant, et Zack sentit son estomac se retourner comme ça lui était déjà arrivé lors d'une descente à la fête foraine. Toute la cabine vibra. Zack, Rice et Zoé, secoués dans leurs sièges, étaient raides de peur. Zack serra fortement Twinkles dans ses bras. Le petit chien gémit jusqu'à ce que le gros engin parvienne à l'arrêt complet.

Ozzie sortit du cockpit.

— Cool, hein ? lança-t-il avec aplomb en saisissant le bâton de hockey qui gisait au sol. Prêts, les amis ?

Toujours calée dans son siège, Zoé s'accrochait aux accoudoirs, les yeux grands ouverts. Elle n'avait pas vraiment l'air prête.

— Détends-toi, Zoé, la rassura Rice en lui donnant une petite tape sur le crâne et en attrapant son sac.

— Mets Twinkles là-dedans, dit Zack. Je ne tiens pas à ce qu'il s'échappe encore.

— Bien parlé, Zack Attaque !

Rice ouvrit la fermeture à glissière de son sac.

— Non, pas dans cette poche, insista Zack, qui jetait un coup d'œil sur les spécimens de Rice. Je ne veux pas qu'il se gave encore de BurgerDog. Et ne m'appelle plus Zack Attaque, OK?

Rice plaça Twinkles dans l'autre poche de son sac.

Zack regarda par la petite fenêtre.

— Quelle heure est-il?

— Six heures passées, répondit Ozzie en frottant son protège-coude de la paume de la main.

Ozzie ouvrit la portière latérale afin qu'ils puissent tous sauter sur la route. D'immenses arbres vert sombre ployaient sous la pression de vents froids et violents. Le trottoir était envahi d'une foule de monstres détrempés par la pluie. Zoé, Rice, Ozzie et Zack dépassèrent la horde zombie à toute vitesse pour quitter la route. Ils dévalèrent une colline jusqu'à une zone marécageuse qui débouchait sur un grand fleuve sur le point de déborder.

Un éclair fendit le ciel sombre.

Zoé poussa un cri : les zombis titubaient et pataugeaient derrière eux.

— Regardez.

Ozzie montrait quelque chose en amont.

Pas très loin, un pont franchissait le fleuve.

— Allons-y ! s'écria Zack.

Et ils le rejoignirent en courant le long de la rive.

Ils réussirent à s'éloigner de la foule de zombies en passant sur l'autre rive, s'arrêtant pour reprendre leur souffle, sous deux immenses statues de colons qui chevauchaient leurs montures. Au-delà, l'avenue bifurquait pour contourner un gros bâtiment blanc, supporté par des piliers gigantesques.

— La Maison-Blanche… s'exclama Rice émerveillé.

— En fait, c'est le Lincoln Memorial, corrigea Ozzie.

Aucun de vous n'a jamais mis les pieds à Washington ou quoi?

— Nous vivons en Arizona, mec! répliqua Zack.

— La Maison-Blanche n'est pas bien loin, ajouta Ozzie, pendant qu'ils contournaient le monument et traversaient le parc.

— Hé, attendez! s'écria Rice.

Ozzie courait devant eux un peu trop vite. Zack tâchait de se dépêcher, tout en gardant, pour ne pas le perdre, un œil sur le copain auquel il tenait le plus au monde.

Soudain, surgit de derrière un arbre un monstre couvert de bave, dont Zack réussit à esquiver le bras, tout en essayant d'y voir clair à travers le rideau de pluie.

Mais sans crier gare, voilà qu'Ozzie avait disparu.

— Ozzie! hurla Zoé sous la pluie battante.

Zack entendit un gémissement, comme celui d'un loup qui se serait laissé prendre dans un piège à ours. *Ozzie?* Zack s'élança en direction de la plainte. Juste devant lui, Ozzie se roulait dans la boue en tenant sa jambe à deux mains.

— AAAAAAH! gémissait-il, la cheville prise dans un enchevêtrement de racines d'arbre. Ma jambe!

— Ça va, vieux? cria Zack en sortant le pied d'Ozzie du trou.

Ozzie hurlait de douleur en haletant, tandis qu'une pluie cinglante continuait de leur tomber dessus.

— Ou là là, fit Rice en les rattrapant. Mec, c'est pire que quand on oublie de décocher la fonction blessures dans *Madden*[6].

Un postier zombie tout couvert de bave surgit de derrière un arbre. Particulièrement hors de lui, il émit un hurlement de bête torturée devenant folle tout en se traînant vers eux.

— Il faut tirer Ozzie de là, prévint Zoé.

---

6 N.d.T. : *Madden* est un jeu vidéo créé à partir du jeu de football.

Un jet de foudre illumina à nouveau le ciel, permettant à Zack de prendre, en un éclair, la mesure de ce qui se passait autour d'eux. Un rassemblement ininterrompu de citoyens zombies se rapprochait de tous côtés. Un amalgame de sauvages boueux apparut dans la lumière pour s'éclipser à nouveau dans le noir. L'orage, qui grondait en redoublant de force, éclata en une violente tempête de pluie.

— Vers le mec Lincoln ! cria Zoé en désignant le monument visible à travers les arbres.

Zack et Zoé traversèrent la chaussée en portant Ozzie loin du déferlement de zombies, pour grimper

ensuite les larges marches peu distanciées entre les piliers gargantuesques. Une fois à l'abri, ils déposèrent Ozzie sur le marbre froid et contemplèrent leur petit soldat ninja blessé.

En râlant, Ozzie tira la jambe de son pantalon pour dégager la blessure. Ce n'était pas joli à voir. L'os du tibia, visiblement brisé au-dessus de la cheville, faisait enfler la peau.

— Mec, dit Rice, l'air navré. Ta jambe est foutue !

Il la montra du doigt à Ozzie, qui geignit à nouveau tristement.

— Rice, file-moi les jumelles, ordonna Zack.

Rice fouilla dans son sac pour en sortir une paire de jumelles, qu'il passa à Zack.

— Qu'est-ce que tu distingues ? demanda Ozzie, qui grimaçait toujours sous le choc.

Zack apercevait le bassin Reflecting Pool, teinté de vert en raison des corps mutilés, et de leurs membres arrachés et décomposés qui y flottaient. L'avenue bordée d'arbres grouillait de monstres trempés, assoiffés de cervelles.

— Une tonne de zombies, répondit Zack. Et aussi, un genre de géant qui s'élève de l'autre côté du bassin.

— OK, haleta Ozzie. Ça, c'est le Washington Monument. Les amis, vous allez suivre le bassin et tourner à gauche au gros truc surélevé.

— Qu'est-ce que tu entends par « les amis » ? demanda Rice.

— Puis, vous foncez tout droit jusqu'à ce que vous tombiez sur la Maison-Blanche, continua Ozzie sans prêter attention à Rice.

— Tu ne viens pas ? demanda Zoé.

— Comment ? Je ne peux même pas marcher, répondit Ozzie en se tenant la jambe.

— Nous pourrions peut-être avancer très lentement, de façon à ce que les zombies ne s'aperçoivent pas que nous ne sommes pas des zombies, suggéra Rice, faisant quelques pas les bras levés, en une remarquable imitation de la démarche zombie.

— Je suis inutile, dit Ozzie. Un boulet, un poids mort. Laissez-moi ici.

— Pas question, mon pote, rétorqua Rice. Nous ne t'abandonnerons certainement pas.

La pluie tombait par paquets sur le toit du Lincoln Memorial. Zack marchait de long en large en se rongeant les ongles.

— Ça sera mieux ainsi pour tout le monde, dit Ozzie.

— Je suis super bonne à la course à trois jambes, balbutia Zoé.

— Ah bon, dit Zack. Mais quel est le rapport avec ce qui se passe?

— C'est évident, rétorqua Zoé. Vous n'avez qu'à attacher sa mauvaise jambe à l'une des miennes et voilà.

— Tu crois pouvoir y arriver, Ozzie? demanda Rice.

— Ça vaut le coup d'essayer… répondit Ozzie en grinçant des dents.

Zack et Rice aidèrent Ozzie à se tenir debout sans perdre l'équilibre sur sa jambe valide. Zoé se plaça juste à côté de lui en mettant sa bonne jambe contre la sienne. Zack enveloppa les coureurs à trois jambes de ce qui restait de ruban à conduits et jeta le rouleau vide.

Ainsi, nos quatre amis se tinrent sur leurs sept jambes, sous la statue d'Abraham Lincoln, qui les observait depuis son trône.

Zack parcourut du regard la capitale zombie des États-Unis infestés d'Amérique et il lui apparut qu'il ne s'agissait plus seulement d'eux à présent. Il ne s'agissait pas non plus juste de Madison, ou de ses parents, de leurs petits chiens et de leurs amis. Une brûlure d'angoisse le frappa à la poitrine comme un coup de poignard.

Il s'agissait de tout le monde.

CHAPITRE

I l pleuvait des cordes.

Zoé et Ozzie descendaient ensemble en claudi-quant sur les marches en marbre. Zack et Rice marchaient lentement en brandissant leurs armes, de chaque côté des deux coureurs attachés. Ozzie criait « Aïe ! » à chaque pas qu'ils faisaient pour se rapprocher du bassin.

Dans la pénombre de l'orage, tout semblait noir et gris. Des corps gonflés, à la chair toute bour-souflée et saturée d'eau, flottaient, le visage vers le bas, dans le courant de l'eau de pluie. Des zombies trempés jusqu'à l'os surgissaient de la forêt du parc.

Un entonnoir de zombies se formait entre le dangereux boisé et le rebord en pierre du long bassin rectangulaire.

Ils avancèrent en direction du Washington Monument aussi vite que Zoé et Ozzie pouvaient progresser. La pluie cinglait à la vitesse du pouls de Zack, pendant qu'ils rôdaient au travers du maelström de zombies.

— Zack, attention ! cria Rice.

Un forcené couvert de boue sortit du bois en chancelant. Zack tournoya en agitant sa batte et flanqua au zombie une terrible raclée. *KRISPLACH !* La bête

démoniaque tomba à plat ventre dans la boue. Zack émit un cri de rage.

Un éclair illumina le ciel pendant au moins deux secondes. Tout près devant eux, le monument ivoire dressait sa silhouette sur la verdure, comme une épée indiquant leur destination finale. La distance les séparant de la maison la plus célèbre de toute l'Amérique ne représentait guère plus que quelques stades de foot.

— La Maison-Blanche… répéta Rice d'une voix émerveillée.

Le paysage s'obscurcissait, tandis que le tonnerre pétaradait, tel le bouquet final d'un feu d'artifice.

Zack réajusta ses jumelles. Des centaines et des centaines de citoyens morts-vivants rôdaient dans la roseraie de la Maison-Blanche. L'espace de quelques éclairs, il put voir des politiciens couverts de boue se traîner dans l'obscurité, des sénateurs patauger côte à côte dans la vase en compagnie de femmes sans abri, et des enfants au regard égaré courir à côté de prisonniers zombies en survêtement orange.

Les grilles des égouts de caniveaux encombrées de substances visqueuses et de débris avaient provoqué une inondation de la chaussée. Insectes et queues de rats flottaient à la surface de l'eau : un vrai bouillon de sorcière puant et immonde. Le groupe d'amis n'avait maintenant d'autres choix que celui de traverser ce flot de boue contaminée par des hot-dogs et des globes oculaires en suspens.

— Pouvons-nous y arriver ? cria Rice en essayant de couvrir de sa voix le martèlement de la pluie.

— Il va bien falloir, mon vieux !

Zack se tourna vers Ozzie et sa sœur.

— Comment ça va pour vous deux ?

— C'est un coéquipier particulièrement nul, déclara Zoé. Mais ça ira.

Zack releva les bas de son pantalon et serra sa batte plus fermement. Rice marchait doucement en portant son bâton de hockey. Ozzie geignait, se contractant à chaque pas que faisait Zoé pendant qu'ils traversaient la rue débordant d'ordures contagieuses.

Une troupe de politiciens zombies particulièrement bien habillés piétinait la pelouse sud de la Maison-Blanche en vêtements de sport déchiquetés. Un représentant du congrès et un page du sénat firent une embardée dans leur direction en agitant leurs bras mutilés. Des manches de vestes déchirées pendaient de leurs coudes suintants.

Rice frappa l'assistant de petite taille et Zack flanqua un coup sur la tête du législateur.

Tout en tirant Ozzie, Zoé crapahutait dans les flaques de boue pendant que son frère et son ami assommaient les morts-vivants en se frayant un chemin dans ce délire. Ils y étaient presque.

— Allez!

Zack et Rice grimpèrent un escalier de marbre et, en haut des marches, ils attendirent que Zoé ait fini de traîner Ozzie et sa jambe morte jusqu'à eux.

— Elle est mieux d'y être, dit Zoé, essoufflée, une fois parvenue au sommet.

Ozzie sortit son gros couteau et la libéra. La course à trois jambes s'arrêtait là.

Zack leva une vitre puis grimpa sur le rebord de la fenêtre, sauta et atterrit sur une moquette mœlleuse. Aussitôt suivi de Zoé, Rice s'engouffra par la fenêtre voisine. Ozzie parvint à son tour à se hisser à l'intérieur en s'aidant de son bâton de hockey comme d'une canne.

Pendant qu'ils montaient l'escalier de l'édifice abandonné, Zack s'arrêta au milieu pour humer l'air.

— Vous ne sentez rien?

Zoé prit une grande inspiration.

— Beurk! explosa-t-elle. C'est toi, Rice?

— Désolé, s'excusa Rice. C'est le stress.

Il agita vivement sa main derrière son postérieur.

— Hé, mec, infect, affirma Ozzie en secouant la tête.

— Ce n'est pas lui, grogna Zack. On dirait plutôt que ça sent le café en haut.

Il les conduisit jusqu'au premier étage en remuant les narines comme un limier, pendant qu'ils suivaient l'odeur de café fraîchement torréfié jusqu'à la porte du Bureau ovale.

Ils pénétrèrent à l'intérieur du sanctuaire présidentiel.

Faisant soudainement face à Zack, un agent des Services secrets fit son apparition. Vêtu d'un costume et de lunettes noirs, il portait un plateau en carton contenant quatre tasses de café. Tel un flingueur du Far West, l'homme en noir poussa vivement le pan de sa veste pour mettre la main à la hanche. Il la déposa sur le métal glacé de son arme à feu.

Paniqué, Zack regarda Rice, Zoé et Ozzie par-dessus son épaule.

Le trio débraillé et trempé de sueur était terrorisé. Rice soufflait lourdement. Ozzie tremblait, tanguant sur un pied, grimaçant et geignant en raison de la douleur que lui infligeait l'os brisé de sa jambe. Des traces de maquillage coulaient sur le visage de Zoé, qui ressemblait de plus en plus au Joker du *Chevalier noir*.

— Attendez! Nous ne sommes pas des zombies! hurla Zack

— Vous avez failli m'avoir! soupira l'agent des Services secrets en ôtant la main de son pistolet. Vos amis ont vraiment l'allure...

— Où est Madison Miller? l'interrompit Zack en faisant un pas en avant.

— Comment êtes-vous au courant? demanda l'agent. Elle est classée confidentielle.

Prenant une profonde inspiration, Zack respira calmement par le nez pour pouvoir expliquer l'histoire du ginkgo biloba et du BurgerDog, ainsi que l'immunité de Madison, prouvée par la dézombification de Greg en PasGreg. Il parla du colonel et de ses propres parents, du vol à travers tout le pays et de leur confrontation à la mort.

Il y eut une longue pause. L'homme en noir avala une gorgée de café en s'essuyant les yeux. *Pleurait*-il? Puis, il tendit la main au garçon :

— Agent spécial Gustafson.

— Zack Clarke, Chasseur de zombies, répondit Zack en serrant la main de Gustafson.

L'agent Gustafson se dirigea vers un grand portrait de George Washington suspendu au-dessus de la cheminée.

— Venez avec moi, dit-il en tapotant le cadre doré au bas du tableau.

Celui-ci s'ouvrit comme le couvercle qui masque les touches de réglage d'un téléviseur.

L'agent Gustafson appuya sur les touches d'un écran tactile. Le portrait bougea et la cheminée se souleva, dévoilant un hall aux lumières tamisées, tapissé de panneaux de chêne et éclairé par de luxueuses appliques, qui ressemblaient à des lanternes de rue. Le vestibule était meublé d'antiques consoles et de rangées de bibliothèques faites sur mesure. Un fin tapis persan courait tout le long du couloir, et des portraits de gens au visage célèbre ornaient les murs.

Le groupe suivit l'agent Gustafson jusqu'au bout du corridor secret, où tous s'arrêtèrent devant une bibliothèque. Il saisit un épais volume relié en cuir, ôta ses lunettes de soleil et regarda par le trou laissé par le livre. Un laser bleu balaya son globe oculaire, et la bibliothèque, qui disparut en glissant sous le sol, dévoila un habitacle en plexiglas.

— Entrez.

L'homme les fit entrer et appuya sur le bouton *Z* du tableau de commande de l'ascenseur.

Zack lorgnait à travers les vitres pendant le temps que mit la cabine à descendre et à s'enfoncer de plus en plus bas. Il jeta un coup d'œil vers l'agent secret. Pouvait-on lui faire confiance ? Il avait l'air bien. Mais s'il était une chose que Zack avait apprise au cours des

24 dernières heures, c'était de ne jamais se fier aux apparences.

— Où allons-nous? demanda Zack à l'agent Gustafson.

L'homme ne répondit pas.

Bling!

Où que ce fût, ils venaient d'y arriver.

CHAPITRE

Le pan transparent de la cabine s'ouvrit, les invitant tous à pénétrer un couloir stérile qui ressemblait à une gigantesque bouche d'aération métallique. Deux portes d'hôpital s'ouvrirent automatiquement devant eux, les introduisant au laboratoire ultrasecret situé quelque part sous la Maison-Blanche.

— Gustafson ! Où est mon foutu café ?

Depuis le fond de la pièce, un grand homme en uniforme militaire approchait.

— Voici le brigadier général Munschauer, le scientifique en chef de la Maison-Blanche, expliqua Gustafson.

— Et qui sont-ils ? demanda le général en désignant les enfants.

— Ce sont des amis de la fille, Monsieur.

— Où est Madison ? demanda Zack.

— Fais attention à qui tu t'adresses, petit chef. Je n'ai pas encore pris mon café du soir.

Le général saisit une tasse sur le plateau et avala une gorgée.

— Hum !

Après l'avoir humé, il savoura son café chaud.

— Votre amie est assez spéciale dans son genre… Mais comment diable êtes-vous arrivés de Phœnix jusqu'ici ?

— C'est Ozzie qui a piloté, déclara Rice en montrant son copain blessé.

— La jambe du garçon a besoin d'être soignée, Monsieur, expliqua l'agent Gustafson.

Le général se pencha sur le genou pour inspecter la fracture du tibia d'Ozzie. Puis, s'adressant à Gustafson :

— Emmenez-le dans la salle 23 et dites-leur de remettre l'os en place et de le plâtrer.

L'agent spécial approcha d'Ozzie un fauteuil roulant, et celui-ci s'affala sur le siège avant d'être emporté.

— Suivez-moi, dit le général.

Il conduisit Zack, Rice et Zoé jusqu'à une section labo, derrière un rideau.

— Pour l'instant, elle est stabilisée, dit le général Munschauer. Mais son métabolisme est intoxiqué, et le niveau de ses cellules B et T a sévèrement baissé.

— Impossible, déclara Zoé. Madison ne mange jamais de BLT[7]... Elle est végétalienne.

— C'est que vous ne parlez pas vraiment notre langage, monsieur, expliqua Zack.

— Voyez par vous-mêmes.

Le général tira le rideau.

Ils se rassemblèrent autour du lit d'hôpital.

Un tube en plastique pénétrait le nez de Madison et une intraveineuse, le bras. Sa peau était grise, fripée, et elle respirait par courtes saccades. Des ventouses étaient collées à son front. Des drains, traversant des bouteilles en plastique remplies de fluides panachés, pendaient autour de son visage. Ses yeux étaient clos

---

7 N.d.T. : *BLT* est l'abréviation pour le sandwich bacon, laitue et tomate.

et un écran de contrôle rendait compte des battements de son cœur.

— Elle dort? demanda Rice.

— Pas exactement... répondit le général Munschauer. Elle récupère.

— On dirait E.T. à la fin de *E.T.*, dit Zoé, la voix tremblante.

Zack se tourna vers le général et lui demanda :

— Elle va s'en sortir, n'est-ce pas?

Munschauer s'éclaircit la voix pour répondre :

— Nous l'espérons...

Zoé caressa la tête de son amie :

— Toi qui étais si jolie.

À cet instant, le sac à dos de Rice se mit à tressauter et grogner. Twinkles aboya. Rice ouvrit la glissière de son sac, d'où bondit le petit chien. Zack attrapa Twinkles, ce qui le fit couiner de joie.

— Ouah!

Quand le moniteur de contrôle voisin du brancard se mit à biper plus rapidement, tous se tournèrent vers la couche de Madison.

Madison ouvrit les yeux et murmura timidement :

— Twinkles?

Le chiot sauta des bras de Zack sur le lit, puis lécha délicatement le visage de Madison.

— Holà, mon chou...

Madison toussa doucement.

— Vous pouvez être fiers de votre amie, dit le général. Un courage remarquable. À elle seule, elle a réussi à dézombifier la première famille et grâce à elle, un grand nombre de personnes importantes est toujours à compter parmi les humains.

— Bien, mais pour la seconde famille... et la troisième... et la millionième? demanda Zack. Il y a tellement de personnes à aider, pas seulement des gens « importants ».

— Si Madison avait su que vous n'aideriez pas tout le monde, elle ne vous aurait jamais permis de l'utiliser, dit Rice.

Tout à coup, une grande femme aux cheveux roux ouvrit le rideau. Elle portait une blouse de laborantine avec un nom : D^{RE} DANA SCOTT, DÉPARTEMENT DES MALADIES ET DE L'IMMUNOLOGIE. Elle baissa le masque vert stérile qui lui couvrait le bas du visage et dit :

— C'est l'heure de la piqûre.

La D^{re} Scott, armée d'une grosse seringue, passa entre les enfants. Elle fit gicler un peu de liquide en l'air en tapotant le haut de la seringue.

— Je vous laisse à vos affaires, dit le général Munschauer en quittant la pièce.

— Plus de seringues, dit Madison faiblement.

— C'est juste une piqûre de B12 pour aider ton système immunitaire à se renforcer, dit gentiment la docteure.

Après avoir pincé le bras de Madison, elle poussa le piston.

— Le B, ça représente quoi ? interrogea Rice.

— Vitamine B.

— Oh, fit-il. Je croyais que ça voulait dire « biloba ».

— Comme dans ginkgo biloba ? demanda la D^{re} Scott en riant. Pourquoi ?

— Parce que c'est la seule raison pour laquelle elle est un antidote.

— Qu'est-ce que tu racontes ?

— Oui, et si vous donnez du gingko à des zombies, ça les endort complètement… et puis ça doit ralentir la progression du virus ou un truc comme ça…

— Ralentir le virus, vraiment?

La D^{re} Scott, plongée dans ses pensées et comme se parlant à elle-même, dit tout haut :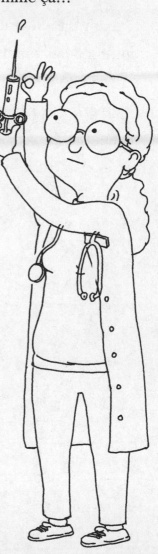

— Mais sans un spécimen original, je ne peux pas fabriquer de sérum.

— Spécimen?

Rice fila un coup de coude à Zack.

— Nous avons quelques spécimens sympas…

— Si nous avions un échantillon du virus initial, alors seulement nous pourrions créer une base virale stable pour produire massivement de l'antidote… continua la D^{re} Scott en se parlant toujours à elle-même.

Rice dégagea son sac de ses épaules et l'ouvrit. Il tendit la poche en plastique contenant des bouts de doigts de zombies, qui étaient d'ailleurs toujours en train de gigoter. Rice ouvrit ensuite le sac hermétique et sortit l'immonde hamburger zombie vieux de 24 heures. Le mystérieux bœuf haché bougeait encore comme s'il était vivant.

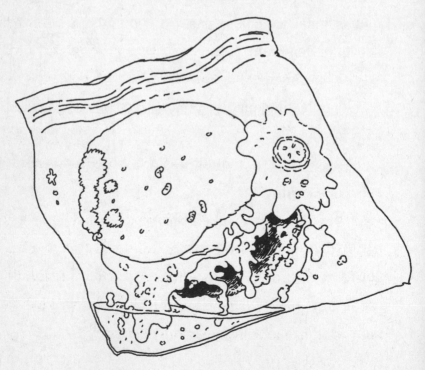

L'odeur était répugnante. Zack plissa le nez. La Dʳᵉ Scott ouvrit tout grand les yeux d'étonnement, et la truffe de Twinkles, captant des relents d'effluve fétide, gigota allègrement.

— Bon, laissons cette courageuse jeune fille se reposer. Il faut que nous allions faire quelques tests.

Ils quittèrent Madison et approchèrent une table de labo équipée d'un microscope, de tubes d'essai et d'une balance, tous ces objets brillant dans la lumière blanche du néon. La Dʳᵉ Scott enfila une paire de gants en latex. Elle prit le spécimen du BurgerDog et en gratta quelques échantillons sur une boîte de Pétri. Puis, elle ajouta un liquide vert et enfin de la poudre de ginkgo biloba fournie par Rice. Ensuite, elle mélangea le tout.

Ils écoutèrent avec attention la Dʳᵉ Scott exposer son hypothèse.

Tout était une affaire d'anticorps, les cellules T, les sérums basiques et les vaccins, l'immunisation passive, comme les cultures de cellules, les vecteurs recombinants et les souches mutagènes ; Zack n'avait pas la moindre idée de ce dont parlait cette dame.

Quelques instants plus tard, la D^{re} Scott leva le nez de son microscope.

— Bien, dit-elle. Vous voulez la bonne ou la mauvaise nouvelle ?

— Commençons par la mauvaise, Doc, dit Zack.

— La mauvaise nouvelle, c'est que nous ne parviendrons pas à trouver la formule d'un remède à partir d'un simple spécimen de BurgerDog, dit-elle.

— Et la bonne ? demanda Rice.

— La bonne nouvelle, c'est qu'à travers une recombinaison des virus mutants et de l'antisérum, nous devrions pouvoir cultiver bientôt les phytotoxines se transformant en anticorps… et bla bla bla.

Zack hallucinait. Le jargon médical de la D^{re} Scott se transformait lui-même en un babillage incompréhensible.

— …bla bla… mais si l'un de nous absorbait le virus d'origine, nous pourrions en principe récolter des molécules du groupe représenté par la protéine antigénique, à partir de la mutation biogénétique, ce qui, bla bla bla… Ensuite, nous pourrions nous sauver tous.

— Donc… l'un de nous devrait concrètement manger cette chose, c'est ça? demanda Zoé, qui avait reçu le message cinq sur cinq.

— Exactement, dit la docteure en inscrivant quelque chose sur un carnet.

Zack fronça les sourcils d'étonnement. *C'est ça, la bonne nouvelle?*

— Dans ce cas, moi, je ne peux pas, assura Zoé.

— Et pourquoi? demanda Zack.

— Parce que je ne peux pas redevenir zombie, na! déclara-t-elle.

— Et je ne peux pas manger ça, parce que je suis la seule à connaître la recette de l'antidote, dit la D^{re} Scott.

— On dirait bien qu'il ne reste plus que nous deux, mon vieux, dit Rice en tapant sur l'épaule de son ami.

Un long silence se fit avant que quelqu'un ne parle à nouveau.

— Il n'y a qu'une seule façon de résoudre cela, annonça Zack.

— Un deux de trois, c'est ça? demanda Rice.

Zack acquiesça.

C'est ainsi qu'ils commencèrent le «Roche-Papier-Ciseaux» le plus risqué de la Terre.

— Un, deux, trois, vas-y!

Tous les deux jouèrent Roche. Suivi par un autre Roche... et un autre.

— Arrête de faire Roche! cria Zack.

— Arrête, toi! répliqua Rice.

— Un, deux, trois, vas-y!

Le Papier de Zack couvrit la Roche de Rice.

— Un, deux, trois, vas-y!

La Roche de Rice couvrit les Ciseaux de Zack.

— Un partout, déclara Rice.

Il y eut une longue hésitation pendant que les deux amis se jaugeaient.

— Un, deux, trois, vas-y!

Ils répétèrent encore trois fois le coup des deux Roches.

— Vas-y!

Pris au piège, Zack choisit la Roche pour la quatrième fois. Rice lança sa main à plat sur le poing de son ami. Papier. Rice tomba à genoux en levant les bras

comme s'il venait de remporter le tournoi du Grand Chelem.

— Bouffe ça!

— Non.

D^{re} Scott tendit le BurgerDog à Zack.

— Mange ça.

La bonne docteure resta près de Zack, prête à lui administrer une dose du sang de Madison.

Alors que Zack contemplait l'infâme hamburger toxique, son estomac se retourna. Le pain était mou, moisi, et une touffe de cheveux collait à la viande. La mayonnaise durcie vert pistache sentait le poulet cru et pourri.

— Vous êtes bien sûre de vous, Doc ? interrogea
Zack, dubitatif.

— C'est notre seule chance, lui répondit-elle.

Zack jeta vers sa sœur un regard de détresse. Elle
haussa les épaules.

— Il a gagné loyalement, Zack.

Zack porta lentement le sandwich mortel à sa
bouche et planta les dents dans la viande pourrie. Il
mâcha aussi vite que possible, s'efforçant de ne pas

tout recracher. Des larmes coulaient sur ses joues tandis qu'il absorbait le burger empoisonné.

Il avala une deuxième bouchée, puis une troisième.

Comme le sang lui montait à la tête, il eut instantanément envie de vomir.

Zack regarda le dos de sa main. Vieillissant de 24 ans en un clin d'œil, sa peau était devenue rugueuse et toute fripée.

Sa vision se brouilla d'un seul coup. Il ne voyait plus rien. Il entendit le sang battre contre ses tempes. Il commença à étouffer. Ses poumons ne parvenaient plus à garder l'oxygène. Il ne pouvait plus respirer. Il perçut un éclair rouge, puis tout devint complètement noir et ses yeux basculèrent dans leurs orbites.

La dernière pensée de Zack avant de s'évanouir fut : *J'aurais dû jouer Ciseaux.*

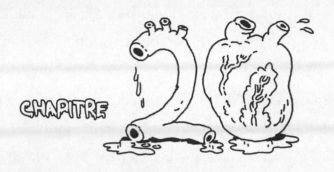

CHAPITRE 20

Zack se réveilla dans un fauteuil roulant. Il était propulsé à toute vitesse dans un couloir. Aux prises avec les monstrueux morts-vivants, la Maison-Blanche était la proie d'un gigantesque chaos. Il cligna des yeux à plusieurs reprises pour être certain qu'il n'était pas en train de rêver.

— Code bleu, code bleu, crachait un émetteur-récepteur portatif. Tout le personnel de la Maison-Blanche doit évacuer immédiatement! L'ennemi est entré. Je répète, l'ennemi est entré!

Zack sentait qu'une grosse bosse avait enflé sur sa pommette, et la peau de sa main était devenue vert pâle. Des zombies enragés titubaient dans les embrasures des portes en jaillissant de toutes parts.

À cinq mètres devant lui, Ozzie boitait sur des béquilles en traînant un gros plâtre autour de sa jambe droite. Zack se retourna sur son siège et vit que c'était Rice qui poussait le fauteuil roulant au milieu des borborygmes du chaos zombie.

— Hé, Zack… Ça y est, tu es de retour! s'écria joyeusement Rice.

— Qu'est-ce qui se passe? hurla Zack en essayant de couvrir le vacarme de sa voix.

— Attention!

Rice écarta le fauteuil, esquivant un ouvrier du bâtiment zombie qui gesticulait, un casque de chantier jaune sur la tête.

Ozzie assomma le zombie avec le bout caoutchouteux de sa béquille. Il pivota sur une jambe et, avec le plâtre de son autre jambe, balança un violent crochet sur la tête d'un deuxième monstre.

Zack jeta un coup d'œil à droite. La D^{re} Scott poussait Madison, à demi inconsciente, dans un autre fauteuil roulant. Zoé courait à leurs côtés en poussant le chariot équipé de l'intraveineuse.

— Ça a marché ? demanda Zack à son copain.

— Ouais, ça a marché, répondit Rice, hilare.

La D^{re} Scott mit la main à la poche de poitrine de sa blouse pour en retirer un tube d'essai fermé par un bouchon de caoutchouc rose, qui contenait un sérum rouge.

Ozzie envoya valser encore deux zombies avant qu'ils n'atteignent l'ascenseur, leur seule issue. Zack, qui s'était penché en avant de son fauteuil roulant, appuya trois fois rapidement sur le bouton MONTER. Haletant et soufflant, ils attendirent l'arrivée de l'ascenseur.

Bling ! Les portes s'ouvrirent, et ils s'engouffrèrent tous en se serrant dans la cabine. Au même instant, la D^{re} Scott poussa un hurlement terrifiant. Une secrétaire zombie s'était jetée sur son dos pour ronger ses cordons de lunettes.

— Aïeee !

La D^{re} Scott tournait sur place en essayant d'éjecter la mutante enragée de son dos.

La zombie finit par se détacher des épaules de la docteure et par aller valser contre le mur. La D^re Scott se redressa en hurlant de douleur, ce qui fit jaillir le tube d'antidote de sa poche.

— Noooooon! crièrent-ils en chœur, les lèvres arrondies, sans en croire leurs yeux.

Le temps sembla s'arrêter lorsque le précieux sérum s'envola, puis s'immobilisa un instant dans les airs, avant de retomber.

Rice plongea au ralenti hors de l'ascenseur, les bras en avant, tel un gardien de but se lançant pour intercepter un tir de football. L'antidote, hors de portée, passa loin de ses doigts et alla s'écraser au sol.

Zack se prit machinalement le front à deux mains.

Mais le tube ne se brisa pas; il n'était pas en verre.

Rice s'épongea le front et s'accroupit pour attraper la fiole de sérum, mais pas assez rapidement. Un zombie poussa du pied l'antidote, qui roula loin dans le couloir en direction de la populace qui s'y traînait. Zack s'élança hors de son fauteuil roulant et courut en dépassant Rice, jusqu'à bondir sur la caboche de la zombie, comme s'il s'agissait d'un ballon de soccer.

Le monstre s'effondra en un tas de bouillie visqueuse décomposée.

Zack fonça droit dans la meute zigzagante de zombies en folie et attrapa la fiole au moment où la horde avançait comme un bulldozer dans le corridor. Il courut se mettre hors de portée de l'essaim de zombies et entraîna son ami avec lui.

Zack et Rice filèrent jusqu'à l'ascenseur qu'Ozzie maintenait ouvert avec sa béquille. La D^re Scott mit un genou à terre en tâtant ses vertèbres cervicales. Un flot de sang coulait sur sa blouse blanche.

— Allez!

Zack la poussa sur le siège vide du fauteuil roulant et appuya sur le bouton de fermeture des portes. Les zombies n'étaient pas très loin, se secouant et postillonnant à un mètre d'eux, en projetant leur bave contaminée. Une grosse zombie tomba à plat ventre en étirant son bras hors de ses jointures pour essayer de les atteindre. Son poignet, couvert de taches brunes, chuta entre les portes qui se refermaient.

Elles se rouvrirent.

Zack renvoya d'un coup de pied la main de la zombie dans le couloir et appuya de nouveau sur le bouton. La goule se remit doucement sur ses pieds. Derrière elle, deux femmes zombies dégoutantes, couvertes de tatouages et de lambeaux de vestes en cuir, grognaient. Les bougresses se jetèrent sur la cabine pleine pour essayer d'y entrer et se cognèrent sur la brute au gros ventre avant de s'écrouler ensemble en un horrible amas de chair froissée.

Les portes finirent par se fermer et l'ascenseur par grimper.

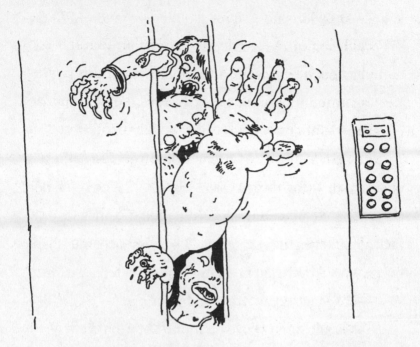

Assise dans le fauteuil roulant, la D^re Scott appuyait sur la blessure humide de son épaule.

Zack lui tendit la fiole.

— Tenez, prenez-en juste un peu.

— Sauvez les autres d'abord, murmura-t-elle d'un air sévère.

Les veines de son visage gonflaient en palpitant. Sa peau, très pâle, était couleur cendre.

— Les enfants, tout est maintenant entre vos mains.

— Qu'allons-nous faire d'elle ? demanda Rice tandis que les yeux de la docteure roulaient vers l'arrière et que sa peau explosait par bubons.

— Amenons-la, dit Zack. Nous la sauverons dès que nous le pourrons.

Les portes de l'ascenseur s'ouvrirent, et ils débouchèrent sur le toit de la Maison-Blanche. Le ciel était noir, mais plein d'étoiles. L'orage s'était éloigné, mais les zombies continuaient de se déchaîner, surgissant d'une échelle métallique aboutissant de l'autre côté de la terrasse.

— Et maintenant ? demanda Zoé.

— Là ! désigna Ozzie en montrant un hélico.

L'hélicoptère qui avait emmené Madison à la Maison-Blanche était garé au milieu du toit.

— Tu sais aussi piloter cet engin-là ? lui demanda Zack.

Ozzie fronça les sourcils.

— *Pour qui me prends-tu ?* se moqua-t-il en souriant.

Les zombies avançant sur le toit agitaient les bras avec gloutonnerie en braillant des « miam-miam ». Zack remarqua que le général Munschauer et l'agent Gustafson faisaient partie de la bande.

— Allez, hurla Rice. Vite !

Rice et Zoé coururent sur le toit pour aller charger Madison, Twinkles et la docteure zombifiée dans l'hélicoptère présidentiel, avant d'y grimper à leur tour. Ozzie s'installa aux commandes et Zack sur le siège du copilote.

Ozzie appuya sur des boutons et tira quelques manettes.

— L'hélicoptère, c'est un jeu d'enfant, dit-il.

Un jeu d'enfant ? songea Zack en revoyant l'immonde sandwich palpitant dans ses mains. Pour la première fois ce jour-là, il n'avait vraiment plus faim.

Les hélices se mirent à tourner et les pales du rotor à cingler l'air, le transformant en un vent violent qui aplatit les cimes des arbres.

L'hélicoptère se souleva en s'éloignant du toit dans un sifflement fluide, et ils s'élevèrent de façon inclinée au-dessus des rues détrempées de Washington. Les randonneurs zombies tempêtaient furieusement à travers les monuments et musées du quartier.

Zack sortit de sa poche la fiole de sérum et la contempla. Il se retourna ensuite pour regarder vers l'arrière. Madison était en train de jouer avec Twinkles. Zoé avait attaché la D^{re} Scott et couvert son visage d'un masque à gaz. Rice, tout excité, regarda Zack.

— Mec, tu étais un drôle de zombie! dit-il en souriant niaisement.

— *Miam miam miam,* gargouilla Zoé. *Cerveaaaaaaux!*

Elle éclata de rire.

— Qu'est-ce que tu veux que je dise, Zo, déclara Zack en haussant les épaules. J'ai toujours voulu te ressembler.

— Qui ne le voudrait pas?

Le frère et la sœur dézombifiés se regardèrent en souriant.

Et l'hélicoptère traversa la nuit de la côte Est visant le coucher du soleil à l'ouest pour retrouver Phœnix.

À QUELS PROCHAINS MONSTRES DÉVOREURS DE CERVEAUX LES CHASSEURS DE ZOMBIES S'EN PRENDRONT-ILS BIENTÔT ?

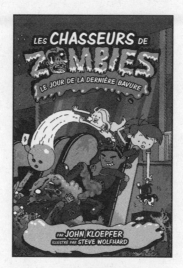

TOME 3

remerciements

Je souhaite remercier Sara Shandler, Josh Bank, Rachel Abrams, Elise Howard et Lucy Keating, pour leur superbe travail et leur foi inébranlable en notre mission zombie; Steve Wolfhard pour ses illustrations merveilleusement immondes; et Kristin Marang et Liz Dresner, qui ont créé un magnifique site Internet.

Je souhaite également remercier mes amis et ma famille pour leur soutien et pour ne pas s'être transformés en zombies pendant l'écriture de ce livre.

— J. K.

JOHN KLOEPFER a commencé sa carrière d'écrivain à l'âge de cinq ans avec cette histoire courte d'une seule phrase: « Et c'est alors qu'un jour, les monstres surgirent. » Les chasseurs de zombies est son premier roman. Il vit à New York.

STEVE WOLFHARD est né en Ontario, au Canada, et il crée des bandes dessinées depuis qu'il a obtenu son diplôme universitaire en animation. Steve a un gros chat nommé Haircut qu'il aime bien, mais sans plus. Le premier film de zombies vu par Steve, Le Retour des morts-vivants, lui flanque toujours une trouille bleue.

www.ada-inc.com
info@ada-inc.com

www.facebook.com/editionsada

www.twitter.com/editionsada